일상 감시 구역

일상 감시 구역

김동식·박애진·김이환·정명섭 지음
ayob_project 그림

 책담

작가의 말

사이언스 픽션(Science Fiction, SF)은 우리가 아직 경험해 보지 못한 미래에 관해서 이야기하는 장르입니다. 최근 들어서 SF에 대한 관심도가 높아지면서 국내외 여러 작가들의 책이 소개되고 있습니다. SF는 창의력과 상상력에 바탕을 두고 있기 때문에 독자로 하여금 상상의 나래를 펼칠 수 있게 만들어 줍니다.

《일상 감시 구역》은 그런 상상력에 기반을 둔 SF에 일상을 접목시킨 앤솔러지입니다. 4명의 작가들이 각자의 상상력을 최대한으로 발휘해서 이야기를 풀어냈습니다. 복잡하거나 어려운 주제가 아니라 우리의 일상에서 흔히 마주칠 수 있는 상황들을 통해 독자들에게 조금 더 쉽게 접근하고자 노력한 것입니다.

김동식 작가의 〈살인 게임〉은 영생을 위한 뇌 데이터를 게임에 이용하면서 벌어지는 일을 담고 있습니다. 자극을 갈망하는 인간의 욕망과 더 많은 돈을 원하는 탐욕이 겹쳐지면 어떤 일이 벌어지는지를 보여 줍니다. 아울러 우리의 일상이 얼마나 쉽게 망가지고 부서질 수 있는지를 말해 줍니다. 김동식 작가 특유의 툭툭 내던지는 문체가 이야기를 더욱 더 긴장감 속으로 몰아넣었습니다.

"제가 평소 게임을 좋아하다 보니까 게임 관련 단편을 쓰게 됐습니다. 최근 제 게임 근황이라면 롤토체스 시즌1 챌린저 찍었던 정도랄까? 이 글에서 '평범한 사람이 살인을 저지르게 하는 게임'이라는 설정을 만들고 보니 스스로 묻게 되더군요. '이런 상황에서 나라면 살인을 저지르지 않을 수 있을까? 100억인데? 나도 다를 바 없지 않을까?' 글을 읽으신 분들 중 한 번쯤 저와 같은 생각을 하신 분도 있겠죠? 저만 나쁜 놈은 아니죠? 물론 피할 수 없는, 어쩔 수 없는 특수 상황이라는 가정에서요!" (김동식)

박애진 작가의 〈목격자〉는 행성 탐사를 위해 우주선에 태운 고속 성장 클론들의 이야기를 다루고 있습니다. 우리에게 평범한 일상이 그들에게는 실험인 상황이었죠. 이야기가 진행되면서 아슬아슬한 일상이 어떻게 깨져 나가는지를 보여 줍니다.

"고립된 곳에서 적은 인원이 오랜 시간 함께 지내며 발생한 문제를 그리고 싶었습니다. 입장과 상황이 다른 인물들의 목소리도 가능한 한 객관적으로 바라보고자 했습니다. 초고 상태가 어수선한 면이 있었는데 편집자님 덕분에 모양새를 갖출 수 있었습니다. 이 점 진심으로 감사드립니다." (박애진)

김이환 작가의 〈친구와 싸우지 맙시다〉는 뭔가가 금지되거나 뭔가를 해야만 하는 별에서 벌어지는 유쾌한 모험담을 담고 있습니다. 무언가 강요된 일상이 얼마나 무거운지 잘 보여 주고 있죠.

"미래의 생활은 어떨까, 상상하면서 글을 썼습니다. 로봇이 사람과 같이 지내고, 인공지능이 집안일을 하고, 우주선을 타고 우주로 놀러 가고, 친구가 홀로그램으로 집을 찾아오는 미래를요. 그런 미래가 오면 우리의 하루는 어떻게 변할까요? 지금 내가 보내는 하루와 크게 다를까요? 어떤 점이 같고 어떤 점이 다를까요? 상상을 이어가다 보면 지금 나의 평범한 하루 또한 다른 시선으로 돌아보게 되곤 합니다. 짧고 단순한 글이지만 재밌게 읽으셨으면 좋겠고, 색다른 상상을 통해 생각의 확장을 경험하셨으면 합니다." (김이환)

마지막으로 제가 쓴 〈코드제로 알파〉는 몸이 불편한 아이와 인공지능을 가진 가정용 로봇의 만남을 담고 있습니다. 밖으로 나가지 못한 아이는 자신이 외계에서 온 우주인이라고 말합니다. 가정용 로봇은 그것을 어떻게 받아들였을까요? 저는 인류가 삶의 터전인 지구를 이렇게 쉽고 빠르게 망가트리는 이유가 있을 거라고 생각합니다.

일상이 소중하게 느껴지는 순간은 그 일상이 사라지거나 파괴될 때입니다. 그리고 그때가 되면 아무리 아쉬워해도 예전의 일상으로 돌아갈 수 없습니다. 흔하디흔한 '일상'을 주제로 삼아서 이야기를 모은 것도 사라지기 전에 기억했으면 하는 바람 때문이었습니다. 단편집을 가리키는 앤솔러지의 뜻은 꽃을 따서 모아놓았다는 그리스어 앤톨로기아에서 비롯되었습니다. 이 책은 각자 다른 향기를 뿜어내는 꽃을 모은 꽃다발처럼 각각의 향기를 지닌 SF 일상을 모아놓았습니다. 이야기의 향기에 흠뻑 취해 이야기에 빠져드셨으면 좋겠습니다.

정명섭

차례

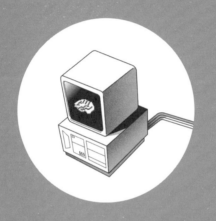

김동식

살인게임

홍혜화: 제약 회사에서 사무직으로 일하는 서른 살 여성

정재준: 의류 브랜드 영업을 하는 서른 살 남성

≫ 두 사람은 서울 서촌 한옥 게스트하우스에 함께 있다.

≫ 새벽 3시가 넘은 늦은 시간이라 주변이 고요하고, 건물 밖으로 나갈 일
도 없다.

≫ 두 사람은 서로 전혀 모르는 오늘 처음 본 사이다.

≫ 홍혜화는 고등학교 때 부모님이 돌아가셨다. 나이 차가 많이 나는 남동생 홍치열이 유일한 핏줄이다. 어려서부터 엄마 역할을 대신해 왔던 그녀는 홍치열에 대한 애정이 남다르다. 현재 홍치열은 심장병으로 병원에 입원 중이며 심장 이식 수술밖에 답이 없는 상태다. 심장 이식 수술 대기자 명단에 이름을 올렸지만, 언제 가능할지 기약이 없다.

≫ 정재준은 장기 기증 서약을 맺은 사람이고, 그 사실이 두 사람의 대화 중에 밝혀졌다.

≫ 홍혜화의 가방에는 두 가지 약물 병이 있는데, 섞어서 복용하면 사망에 이른다. 그 사실을 홍혜화는 알고 있다.

≫ 게스트하우스에는 CCTV가 없다.

≫ 홍치열의 상태는 위중하여, 한 달 안에 심장 이식 수술을 받아야만 살 수 있다.

≫ 홍치열이 입원 중인 병원은 게스트하우스 근처다.

≫ 정재준은 일행이 있다. 정재준을 포함해 모두 일곱 명인 그들은 봉사 활동 모임이다. 그들 모두 장기 기증 서약을 했다.

≫ 게스트하우스 대기실에는 홍혜화와 정재준 일행 일곱 명뿐이다.

≫ 홍혜화는 게스트하우스에 예약한 시간보다 3시간 일찍 도착했고, 그 사실을 아무도 모른다.

≫ 정재준과 일행 모두 만취한 상태다.

☠ **홍혜화가 일곱 명을 약물로 살해했습니다.**

"이런 젠장!"

"으하하하! 내가 또 이길 거라고 했지?"

모니터를 바라보는 김남우와 최무정의 얼굴에 희비가 엇갈렸다. 두 사람이 있는 곳은 '보그나르'의 전산실이었다. 당직 근무 중인 두 사람은 그들이 만든 게임을 즐기고 있었다.

보그나르는 인간의 '영생'을 보조하는 회사였다. 인간의 뇌 데이터를 완벽하게 복사해서 서버에 저장할 수 있는 기술을 개발해, 인공적으로 만든 건강한 신체에 뇌 데이터를 이식하는 기술을 최초로 상용화한 것이 보그나르였다.

하지만 윤리적 문제는 끊임없이 논란거리가 되고 있었다. 그래서 법적으로 규제하고 있지만, 인간에게 영생의 시대가 열렸음은 공공연한 사실이었다.

나라에서는 무분별한 영생을 막기 위해 유일하게 보그나르만을 승인하여 법의 관리 아래에 두었다. 당연히 다들 철저하게 관리되고 있으리라 예상했지만, 사실 현장의 데이터 관리는 생각보다 허술했다. 김남우와 최무정이 고객들의 저장된 데이터를 몰래 빼돌려서 게임으로 써먹을 수 있을 정도로 말이다.

"이 게임이 진짜 단순한데 희한하게 재밌네."

"그러니까. 아마도 실제 인간 데이터라서 그렇겠지?"

둘이 몰래 개발한 살인 게임은 '깃발 쓰러뜨리기' 게임과 비슷했다. 모래를 쌓아 중앙에 깃발을 세우고 번갈아 모래를 가져가다가 깃발을 쓰러지게 하는 쪽이 지는 것처럼, 두 사람이 만든 게임도 가상 현실에서 번갈아 가며 설정을 하나씩 추가하여 살인이 일어나도록 유도하다가, 마지막에 살인이 일어나 버린 쪽이 지는 게임이었다.

설정을 추가할 때마다 인물의 살인 충동이 무조건 올라가야 한다는 규칙뿐인 매우 단순한 설정의 게임이지만, 밤을 샐 정도로 재미있었다. 게임 속 등장인물이 실제 살아 있는 사람의 데이터였기 때문이다.

두 사람은 보그나르 서버에 뇌 데이터를 등록한 고객들의 데이터를 빼돌려서 사용했다. 지극히 평범한 사람이 결국 살인을 저지를 수밖에 없도록 하는 게임이라서 게임에 이겼을 때 더욱 흥분을 느꼈다. 아무리 착한 일반 시민도 상황에 따라 결국에는 살인을 저지를 수밖에 없다는 점, 그것을 그들이 유도했으니 마치 신이라도 된 기분을 느끼게 했다.

"아오! 정재준에게 봉사 활동 일행을 등장시킨 게 결정적이었어. 장기 기증은 대기자 순번이 있으니까."

"그렇지. 정재준 혼자 장기 기증 서약을 했어 봐야 그의 심장이 홍혜화의 동생에게 갈 확률이 높지 않지만, 일곱 명이나 되면 확률이 높아지니까 충분히 동생을 위해 살인을 저지를 만하지."

"다시 해. 다음 게임은 내가 고른다. 이번엔 진짜 살인을 안 저지를 것 같은 종교인으로 해 볼까?"

"오, 그거 재미있겠네. 근데 의외로 쉬울지도 모르고? 흐흐."

김남우의 주도로 다시 게임 세팅이 시작됐다.

"이번에도 영생은 없는 2000년대로 설정할 거지?"

"당연하지. 보그나르가 있는 세상이라면 살인이 쉬울 거 아냐. 재미없지."

"그래. 그럼 캐릭터는 어디 보자…… 찾았다. 독실한 기독교 신자 43세 강길준."

"좋아. 뭐 하는 양반이냐?"

둘은 보그나르 고객 강길준의 뇌 데이터를 훑어보았다. 원래라면 개인 프라이버시 때문에 고객 데이터를 함부로 열람할 수 없었지만 게임을 하기 전에 캐릭터에 대해 알면 알수록 더 재미있었다.

어디서 사는지, 누구랑 사는지, 어떻게 살아왔는지, 실제의 모습을 알면 설정을 추가하는 데 도움이 됐고, 또 현실감이 더해져 재미도 커졌다.

잠시 뒤 둘은 다시 게임을 시작했다. 열심히 살아온 강길준이란 평범한 사람이 살인을 저지를 수밖에 없도록 유도하면서, 둘의 얼굴에 웃음이 끊이질 않았다.

그 이후로도 몇 번의 게임을 더 즐기다가 최무정이 말했다.

"이야, 우리가 만들었지만 진짜 재밌다. 이 게임 실제로 출시하면 대박 날 것 같지 않냐? 그럼 이딴 회사 안 다녀도 될 텐데……."

"무슨 말도 안 되는 소리야. 멀쩡한 직장을 왜 그만둬?"

"생각해 봐. 떼돈 벌 수 있을 것 같지 않아?"

최무정의 표정은 농담 반 진담 반이었지만, 김남우는 고개를 흔들었다.

"이 게임이 재미있는 이유는 캐릭터가 현실에 존재하는 사람이기 때문이잖아. 나가서 인공지능 가짜 캐릭터로 하는 순간 재미는 끝이지."

"하긴 그건 그렇지. 인공지능이면 이 느낌이 안 나긴 해."

"혹시나 고객들 데이터로 게임한 거 걸리면 우린 완전 끝장이야. 어쩌면 평생 독방 신세일걸."

"쩝, 이 게임은 진짜 기가 막힌데."

최무정은 아쉽지만 포기할 수밖에 없다는 걸 인정했다.

당직 시간이 끝나가자 둘은 밤새 게임에 접속한 기록을 지우기 시작했다.

"오늘도 시간 잘 보냈다. 삭제 잘 해. 고객 데이터 실수로 덮어쓰면 큰일 나는 거 알지? 혹시 새 몸으로 데이터 이식했는데 자신이 살인을 저질렀던 기억이 남아 있으면, 어휴! 우린 끝장이야! 제대로 확인하고 정리하자."

"맞아. 이러는 거 들켰다가는 바로 잘릴 거야."

"잘리는 걸로 끝나겠냐? 근데 뭐, 김 부장이 점검이나 제대로 하냐? 뒤처리만 잘하면 들킬 일은 없지. 아, 말 나온 김에 다음엔 김 부장 넣어서 게임해 볼까? 흐흐."

"오 좋아! 왜 그 생각을 못 했을까? 우리가 아는 주변인들로 하면 더 재밌겠다. 너랑 나도 한 번씩 해 보고. 하하하."

"너랑 나랑 할 때는 누가 더 오래 남나 내기해도 괜찮을 것 같은데?"

"좋네. 이렇게 아이디어가 샘솟는데 이 게임을 우리 둘이서만 즐겨야 한다니 아쉽네."

둘은 다음 게임을 기약하며 서둘러 기록을 정리했다.

그러던 어느 날 꼬리가 길면 밟힌다고, 김남우와 최무정의 게임이 들통나고 말았다. 자신들을 포함한 회사 사람들 데이터로 게임을 즐기다가, 데이터를 업데이트하려던 동료에 의해 들키고 만 것이다. 둘은 당장 회장실로 불려 갔다.

"둘만 남고 나가 보게."

보그나르의 회장 두석규 앞에 선 김남우와 최무정의 얼굴 표정이 사색이 되었다.

두석규는 무표정한 얼굴로 물었다.

"고객의 뇌 데이터로 장난을 쳤다고?"

"그, 그게……."

"죄송합니다!"

둘은 눈앞이 캄캄했다. 잘해야 퇴사, 아니면 엄청난 손해 배상을 물어야 할지도 몰랐다. 억누르려고 해도 몸이 벌벌 떨렸다.

두석규는 여전히 높낮이 없는 목소리로 물었다.

"그 데이터로 뭘 했지?"

"정말 죄송합니다!"

"뭘 했느냐고 물었는데 난."

"그, 그게 실은……."

둘은 자신들이 개발한 게임의 내용을 솔직하게 고백했다. 절대 피해가 가지 않도록 철저하게 관리했다는 말을 몇 번이나 덧붙이면서 말이다.

"흐음."

두석규가 미간을 찌푸리며 생각에 잠겨 있는 동안 둘은 죄인처럼 회장의 말을 기다렸다. 그때 두석규의 입에선 뜻밖의 말이 흘러나왔다.

"나도 늘 뇌 데이터를 활용할 방안을 생각해 왔지."

"네?"

"실제 인간의 뇌 데이터가 이렇게나 많이 모여 있는데, 썩히기는 너무 아깝다고 생각했거든."

"아······?"

어리둥절해 하는 둘에게 두석규가 말했다.

"그 게임 지금 해 볼 수 있나?"

"네?"

둘은 서로의 얼굴을 쳐다보며 눈치를 보았다.

두석규가 진지한 표정으로 가만히 바라보자, 최무정이 쭈뼛거리며 대답했다.

"네. 해 볼 수 있습니다."

"그럼 한번 해 보지."

"아, 아! 알겠습니다."

최무정과 김남우는 얼른 회장실 밖으로 나왔다. 둘은 마주 보며 눈을 크게 떴다. 무슨 영문인지는 모르겠지만 분명 최악의 사태는 피한 것 같은 느낌이 들었다.

잠시 뒤, 회장실로 노트북을 가져온 둘은 두석규 회장과 함께 3인용 게임을 시작했다. 둘이 시범을 보이자 두석규는 금방 배웠다.

평생 범죄 한 번 저질러 본 적 없는 지극히 평범한 일반인 고객의 뇌 데이터를 가상 현실로 불러오고, 설정한 배경 속에서 하나

씩 상황을 추가했다. 그리고 끝내 주인공이 살인을 저지르자 두석규의 얼굴에 웃음이 떠올랐다.

"흐흐. 고작 로또 복권을 빼앗기 위해 15년 지기 친구를 살해한다고? 그동안 전과 하나 없던 이런 모범적인 인간도 상황만 주어지면 얼마든지 이런 극악무도한 짓을 저지를 수 있단 말이지? 그래, 인간의 본성이 원래 이랬지. 그럼그럼. 이것이야말로 인간의 본성이라고! 으하하하!"

두석규가 크게 웃음을 터뜨리자, 둘은 눈치만 보았다. 이거 괜찮은 분위기인 걸까?

두석규는 매우 만족한 듯 고개를 끄덕이며 말했다.

"훌륭해. 무척 재미있는 게임이야. 잘 만들었어."

"가, 감사합니다."

"그래서."

두석규는 턱을 괴고 호의적인 얼굴로 말했다.

"이 게임을 출시하면 대박이 나겠는데. 안 그래?"

"네? 아 그건……."

쭈뼛대던 김남우는 조심스럽게 말을 꺼냈다.

"하지만 이건 캐릭터가 실제로 존재하는 사람이기 때문에 재미가 있는 거라서요. 가상 인물로 설정하면……."

"실제 데이터를 쓰면 되는 것 아닌가?"

김남우의 말을 끊은 두석규가 눈을 빛내며 말했다.

"네?"

"보그나르 고객의 뇌 데이터를 사용하면 되는 것 아니냐고."

"네?"

김남우는 놀란 눈으로 자꾸 되물었다.

"하, 하지만 고객의 뇌 데이터를 사용하면 큰일 날 텐데요? 뇌 데이터는 개인 정보 중에서도 국가가 관리하는 최고 등급인데, 심할 경우 회사가 망하는 문제로 끝나지 않을 텐데……"

"자네들이 하면 되지 않나. 우리 보그나르가 아니라."

"네?"

김남우와 최무정이 두 눈만 끔뻑거리고 있자 두석규가 말했다.

"내가 지원해 줄 테니까 자네들이 국외 법인을 세우고 창업하게. 국외에서 팔아먹으면 돼."

"네? 그래도 개인 정보가 유출됐다는 게 금방 들킬 텐데……"

"해커의 소행이라고 하면 되지."

두석규는 씩 웃으며 말했다.

"해커의 침입으로 개인 정보가 유출되었다고 하면 돼. 크게 욕은 먹겠지만, 벌금 좀 내면 그만 아닌가?"

"하지만……"

"중국에서 한국인의 주민등록번호가 얼마에 거래되는지 아는가? 단돈 60원이야, 60원."

"네? 60원이요?"

"그게 다 그동안 기업에서 유출된 것들 아닌가. 한국인의 개인 정보는 완전 공공재나 마찬가지일세. 거기에 우리 하나 추가된다 한들 큰 문제가 있을 것 같나?"

"아……."

김남우와 최무정의 눈동자가 흔들렸다. 두석규는 웃으며 말을 이었다.

"기회를 볼 줄 모르나? 자네들 인생에 지금 기회가 온 거야."

"……."

"자네들 능력으로 만든 게임이니까 보상도 책임도 자네들이 받는 거야. 나는 그런 자네들에게 투자하겠다는 거고. 언제까지 말단 관리직으로 살 건가? 미래가 보장된 기업의 대표가 될 기회인데 더 고민이 필요한가?"

"아!"

김남우와 최무정은 '기업의 대표'라는 단어에 크게 반응했다. 두석규는 둘을 문밖까지 배웅하며 마지막으로 말했다.

"자네들 인생이 바뀔 수 있는 기회일세. 생각할 시간을 줄 테니 빠른 시일 내에 대답을 들려주게나."

"아, 네."

"감사합니다!"

회장실을 빠져나온 뒤, 최무정이 흥분해서 말했다.

"대박! 위기인 줄 알았는데 기회가 될 줄이야! 생각이고 뭐고 무조건 수락해야지!"

반면 김남우는 걱정이 되었다.

"괜찮을까? 사실상 살아 있는 사람의 뇌 데이터를 무단 사용하는 거잖아. 이게 들키면 우리 완전……."

"야, 회장이 허락했는데 뭐가 무섭냐? 어련히 회사에서 알아서 해 줄까!"

"그래도…… 도덕적으로 이래도 되는 걸까?"

"도덕은 무슨, 그냥 게임인데 뭐 대단한 피해를 준다고! 너 안 할 거면 나 혼자라도 한다!"

"아니, 안 한다는 말은 아닌데……."

"회장의 제안을 받아들이지 않으면, 회장이 우릴 가만 놔두겠냐? 데이터를 무단 사용했는데? 어차피 선택지가 없어."

김남우는 인정할 수밖에 없어 고개를 끄덕였다.

"좋아. 그럼 지금 바로 돌아가서 대답할까? 쇠뿔도 단김에 빼랬다고!"

"알았어."

둘은 다시 돌아서서 회장실 문을 열었다. 두석규 회장은 책상이 아니라 소파에 앉아 있었다. 마치 두 사람이 곧 돌아올 줄 알았다는 듯이 말이다.

"그럼 구체적인 계획을 얘기해 볼까?"

"네!"

두석규는 소파에 몸을 묻고 여유롭게 이야기했다.

"일단 이 개발에 관련된 모든 사항은 절대 비밀이야. 이유는 알고 있겠지?"

"당연히 알고 있습니다."

"그래. 그럼 프로그램 개발부터 모두 자네들 둘이서만 해내야 해. 자네들 지금 업무가 관리였나? 다 빠지고, 사무실 마련해 줄 테니까 내일부턴 거기로 출근해."

"아, 네. 알겠습니다."

긴장한 모습으로 대답하는 두 사람에게 두석규가 말했다.

"게임 개발과 디자인은 자네들이 전문가일 테고, 내가 아는 건 경영이야. 게임이란 게 주 타깃층이 청소년이지? 내 생각에는 이게 먹히는지 테스트를 해 볼 필요가 있을 것 같은데."

"아, 네!"

"베타테스트가 가능한 버전은 언제까지 만들 수 있나?"

"일주일 정도면 됩니다!"

최무정이 반사적으로 대답하자 김남우가 눈을 동그랗게 뜨고 돌아보았다. 두석규는 웃으며 말했다.

"좋아. 그러면 일주일 뒤에 베타테스트에 들어가지."

모든 결정이 끝나기 직전 김남우가 다급하게 물었다.

"아 저기, 회장님! 근데 아까 분명 이 개발에 관해서는 모두 비밀이라고 하셨는데, 베타테스트를 어떻게……?"

"공개는 당연히 안 되지. 근데 중학생 한 명 정도는 괜찮잖아? 내 늦둥이 아들 말이야."

"아!"

"이 녀석이 게임을 참 좋아하거든. 날 닮아서 판단이 아주 정확하고 빨라. 그럼 일주일 뒤? 일주일 뒤에 보자고."

"아, 네. 알겠습니다. 일주일 뒤에 뵙겠습니다."

둘은 바쁜 걸음으로 회장실을 나섰다. 당장 내일부터 게임 개발을 시작해야 했다.

보근중학교의 3학년 교실 안. 평소와 달리 책상은 마주 볼 수 있도록 양옆으로 늘어서 있었다. 정면 스크린 가운데에는 큰 글씨가 떠올라 있었다.

보근 토론
주제 : 성악설 or 성선설. 인간은 원래 선한가 악한가?

'인간은 원래 선하다'라고 믿는 학생들은 왼쪽에, '인간은 원래 악하다'라고 믿는 학생들은 오른쪽에 앉았다. 전체 22명 중 13명이 인간은 선하다는 쪽을 선택했다.

"자, 준비됐지?"

선생님은 학생들이 모두 자리 잡은 걸 확인한 뒤 손뼉을 쳤다.

"지금부터 제2차 보근 토론, 대표 토론을 시작하겠습니다. 먼저, 인간은 원래 악하다 쪽 대표 두주원."

두석규 회장의 늦둥이 아들, 주원이 자리에서 일어났다. 새하얀 피부에 체구는 작았지만, 눈빛만은 무척 날카로웠다.

"다음, 인간은 원래 선하다 쪽 대표 정재석."

큰 키에 진한 이목구비의 재석이 자리에서 일어났다.

"자, 서로 인사."

"잘 부탁한다."

"잘 부탁한다."

두 사람이 마주 인사한 뒤, 대표 토론이 시작됐다. 먼저 입을 연 건 주원이다.

"인간은 원래 악합니다. 인간은 동물이기 때문이죠. 동물이 살아가는 목적은 먹고, 자고, 유전자를 퍼트리는 게 전부입니다. 사냥과 약탈이 인간의 본성이란 말입니다. 교육과 사회 환경이 인간을 절제하게 하는 것이지, 만약 세상이 야생으로 돌아간다면 인간은 본래의 악을 드러낼 겁니다. 인간은 원래 동물이니까요."

재석은 바로 반박했다.

"그 의견에 반대합니다. 우리는 동물을 악하다고 말하지 않습니다. 사자가 임팔라를 사냥한다고 해서 사자를 욕하지 않습니다. 당연한 자연의 이치니까 말입니다. 그러니 인간이 과거 사냥과 약탈을 했다고 해서 인간을 악하다고 할 수 없습니다. 사회를 이룬 뒤로 인간은 합의를 통해 야만적인 행동을 금지했습니다. 동물적 본능을 이겨 내고 사회적 합의에 따르고 있다는 것 자체가 인간은 원래 선하다는 증거입니다."

주원은 한쪽 입꼬리를 올리며 말했다.

"야만적인 행동을 금지해서 사람들이 저지른 사건이 전쟁입니까? 중세 마녀사냥, 유대인 홀로코스트, 난징 대학살, 관동 대학살, 노예 무역 등 셀 수도 없는 끔찍한 사건들만 봐도 인간이 과연 사회적 합의를 지켰다고 볼 수 있을까요?"

"인간의 나쁜 행위를 단순 나열한다면, 인간의 좋은 행위 또한 나열할 수 있습니다. 노예 해방 운동, 광산 붕괴 사고를 이겨 낸 칠레의 기적, 적십자 인도주의 운동, 일본 지하철 의인 이수현, 소방관의 자기희생 등……."

주원은 곧바로 재석의 말을 끊고 주장을 이어 갔다.

"그런 사건들을 회자하는 이유가 그만큼 흔치 않기 때문 아닙니까? 반면, 악은 지금 이 순간에도 전 세계에서 행해지고 있습니다. 충분히 막을 수 있음에도 말입니다. 몇몇 독재 국가에서 일어나고 있는 학살을 강대국이 막지 않는 것은 다 자국의 이익을 따져서입니다. 선보다 이익이 우선이라는 거죠."

"인간이 악한 게 아니라 권력이 악한 겁니다."

재석의 말에 주원이 어깨를 으쓱하며 비웃었다.

"그 발언은 어디 명언 모음집에서나 본 것 같군요. 구체적으로 설명이나 할 수 있습니까?"

재석의 얼굴이 구겨졌다.

"선을 행하는 일들은 범죄에 비해 드러나지 않기 때문에 흔치 않다고 생각하는 겁니다. 대부분의 사람들이 주변 사람들을 돕고 도움을 받으며 살고 있습니다. 누군가를 도우면 기쁘지 않습니까? 만약 인간이 악하다면 누군가를 도움으로써 기쁨을 느낄 근거가 없습니다."

"누군가를 도울 때 기쁨을 느낀다고?"

주원은 헛웃음을 터뜨리며 반박했다.

"그 기쁨의 근거는 자기만족일 겁니다. 인간 사회는 모두 선한 게 좋다고 교육해 왔기 때문에, 스스로를 선하다고 생각할 수 있을 때 내 가치가 높아지는 듯한 감정, 즉 기쁨을 느끼게 되는 겁니다. 인간이 원래 선해서 그런 게 아니라 말이죠."

"인정할 수 없습니다."

"인정하든가 말든가."

주원과 재석의 눈빛이 사납게 얽혔다. 재석은 주원의 눈빛을 무시하고 말을 이었다.

"저는 인간의 선함을 직접 경험한 사람입니다. 고백하자면, 저는 원래 고아였어야 합니다. 저를 낳아 주신 어머니는 저를 낳다가 돌아가셨습니다. 아버지는 1년 만에 재혼을 하셨는데, 결혼 생활을 채 한 달도 보내지 못하고 불의의 사고로 돌아가셨습니다. 갓 재혼

한 아내와 아이를 두고 말입니다. 만약 여러분이 남겨진 그 여인이라면 어떻게 했겠습니까? 자신의 핏줄도 아닌 그 아이를, 아직 젊은 나이에 책임질 수 있었을까요? 아니, 그럴 필요나 이유가 있었을까요? 고아원에 보내는 게 당연하지 않겠습니까?"

재석은 고개를 흔들었다.

"저희 어머니는 저를 고아원에 보내는 대신, 본인의 아들로 키우셨습니다. 핏줄도 아니고, 고작 한 달 정도 함께 살았을 뿐인 아이를 말입니다. 어머니는 여자 혼자 몸으로 온갖 고생을 하시면서도 사랑으로 저를 키우셨습니다. 제가 지금 이곳에 이렇게 건강하고 멀쩡하게 서 있는 것 자체가 인간은 원래 선하다는 가장 완벽한 증거입니다."

재석의 말을 들은 아이들은 낮은 탄성을 지르면서 고개를 끄덕였다. 심지어 성악설 쪽에 있는 아이들까지도 말이다. 재석이 조금 더 말을 이어 갔더라면 분명 박수가 쏟아질 터였다. 그 타이밍을 뺏은 건 주원의 빈정거림이었다.

"남편 재산 때문이었나 보지."

"뭐라고?"

재석은 부르르 떨며 주원을 쏘아보았다.

"아니면 남편의 죽음을 받아들일 수 없었던 결정적인 요인이 있었다거나. 어영부영 타이밍을 놓쳐서 그냥 살게 되었을지도 모르고 만약 다시 돌아간다면 다른 선택을……."

"두주원! 그만!"

선생님이 급히 끼어들었다. 주원은 순순히 입을 다물었지만 의기양양한 표정으로 재석을 바라보았다. 재석은 화가 끓어오르는 눈으로 주원을 노려보았다.

교실의 분위기가 살벌해지자, 선생님이 헛기침을 하며 나섰다.

"토론을 하다 보면 이렇게 너무 과열될 때도 있지. 오늘 2차 대표 토론은 여기까지 하기로 한다. 오늘 토론으로 생각이 바뀐 사람은……."

그때 재석이 불쑥 내뱉었다.

"인간은 선합니다."

선생님과 학생들이 일제히 쳐다보자 재석이 말했다.

"왜냐면, 저는 두주원을 이해하고 용서할 것이기 때문입니다. 오늘 토론 고생했어, 주원아."

재석이 싱긋 웃는 순간, 학생들의 환호와 박수가 터졌다. 동시에 주원의 얼굴이 사정없이 구겨졌다.

보근 중학교에서 가장 특출 난 두 학생을 뽑자면 주원과 재석이다. 둘은 초등학교 때부터 같은 반이기도 한 오래된 사이였다. 중학교에 들어와서도 3년 내내 학생회장 등 임원직을 놓고 경쟁했는데, 친구들에게 인기가 많은 재석이 늘 한 발짝 앞서 나갔다. 주원은 싫은 감정을 숨기지 않았기 때문에 둘은 사이가 좋지 않았다.

보근 토론이 끝나고 쉬는 시간에 주원은 재석을 따로 불러냈다.

"너 진짜로 인간이 선하다고 생각하냐?"

"당연하지."

"웃기고 있네! 넌 이미지 때문에 그걸 선택한 거잖아."

"마음대로 생각하든가. 난 성선설을 믿으니까."

"인간이 원래 선하다는 게 말이나 되냐? 요즘 세상에 그런 순진한 말을 진심으로 믿는다고?"

"그래 난 진심으로 믿어."

"웃기고 있네! 롤 몇 판만 해 봐도 그 말이 얼마나 헛소리인지 다들 알 거다!"

"그런 것치곤 우리 반 애들은 대부분 성선설을 믿던데? 오늘 토론이 끝나고는 더욱 말이야."

"이게!"

주원은 발끈했지만, 재석이 뒤돌아 걸어갈 때까지 받아칠 말이 떠오르지 않았다. 뒤늦게 재석의 등 뒤로 소리만 지를 뿐이었다.

"그 자식들은 다 가식이야!"

대꾸도 하지 않고 걸어가는 재석의 뒷모습을 보며, 주원은 이를 악물었다.

학교가 끝날 무렵 보근중학교 교문 앞에서는 김남우와 최무정이 안을 힐끔거리며 서성이고 있었다.

"도련님이라고 불러야 하나?"

"그래야지."

곧 그들이 초조하게 기다리던 두주원이 멀리 보였다.

"아! 저 학생 맞지?"

"맞는 것 같은데?"

주원이 교문을 나서는 순간, 김남우가 말을 걸었다.

"저기 두주원 학생입니까?"

"네. 맞는데요?"

최무정이 급히 어색하게 웃었다.

"아 도련님! 수업은 잘 마치셨습니까?"

'도련님'이라는 단어에 주원의 표정이 돌변해 찌푸려졌다. 주원은 주변을 살짝 둘러보더니 툭 내뱉었다.

"뭡니까? 내가 분명 학교에 이상한 소문나면 쪽팔린다고 했는데……."

"아? 아! 죄송합니다."

머쓱해서 머리를 긁적이는 최무정 대신 김남우가 말했다.

"회장님께 들은 것 없나요?"

"뭘요?"

"회장님께서 게임을 전달해 달라고 하셨습니다."

"게임?"

주원은 전혀 들은 게 없다는 표정이었다. 최무정이 당황해서 설명했다.

"저, 비밀리에 진행하는 게임 베타테스트를 도련님께 부탁하라고……"

"뭐요? 나한테 게임을 테스트하라고 했다고요?"

주원은 보나마나 지루한 학습 게임일 거라고 여겼다. 그 모습을 살핀 최무정이 황급히 설명했다.

"정말 재미있는 게임입니다. '살인 게임'이라고, 인간의 악한 본성을 확인하는 게임이죠."

인간의 악한 본성? 갑자기 주원의 눈이 빛났다.

"자세히 설명해 봐요."

"네, 말씀드리기 조심스러운데……"

최무정은 주변을 두리번거리며 속삭였다.

"보그나르에 등록된 실제 사람들의 뇌 데이터를 사용해서 그들이 살인을 저지를 수밖에 없도록 유도하는 게임입니다. 돈 몇 푼 때문에, 사랑 때문에, 권력 때문에 살인을 저지르는 모습을 보면 인간이 본래 악한 존재라는 걸 알 수 있죠. 가상의 인물이 아니라 실제 인간으로 하는 게임이니까요."

이야기를 듣는 동안 주원의 얼굴에 미소가 번졌다. 자신이 토론에서 말한 게 바로 이것 아닌가?

"딱이네! 좋아요. 보내 주세요."

주원은 손목을 들어올렸다. 손목에 이식된 스마트폰의 보안 연결을 해제하자 곧바로 최무정도 손목을 들어 몇 번 눌러서 설정을

하니 근거리 파일 전송이 끝났다. 주원이 손바닥 위로 홀로그램을 띄웠다. 그 순간 김남우가 급히 말렸다.

"도련님! 절대 보안 사항이라······."

"아, 네 알았어요."

급히 홀로그램을 지우고 주원이 물었다.

"그럼 게임 방법은 어떻게 돼요?"

"네, 저희가 가서 설명해 드리겠습니다. 듣기로 근처 기숙사에서 지내신다고······?"

"네, 좋아요. 따라오세요."

두 사람은 빠른 걸음으로 앞장서는 주원의 뒤를 따랐다.

주원이 머물고 있는 방은 기숙사 건물에서도 최상층 펜트하우스로 혼자 전체를 쓰고 있었다.

주원이 한쪽 벽면에 커다란 화면을 띄우자, 두 사람이 주원에게 게임 방법을 설명했다. 살인 게임의 시범 플레이를 해 보고 몹시 만족한 주원이 둘에게 물었다.

"이거 캐릭터를 내가 원하는 인물로 특정할 수 있어요?"

"네, 보그나르 서버에 뇌 데이터를 등록한 사람이라면 누구든 가능합니다."

"그럼 일단 등록부터 해야 한다는 말인데······ 중학생도 가능하죠?"

김남우는 살짝 표정이 굳었지만, 최무정이 웃으며 말했다.

"네, 얼마든지요."

"좋아요. 아주 좋아요."

주원은 기대에 찬 얼굴로 환한 미소를 지었다.

두 사람이 떠난 뒤, 주원은 밤새도록 게임을 즐겼다. 원래 게임 룰은 깃발 쓰러뜨리기 게임처럼 자신이 입력한 명령어로 살인을 저지르게 한 사람이 지는 것이었지만, 주원은 최대한 빠르게 살인이 일어나도록 계속 반복했다.

≫ 장인어른이 사후에 땅을 모두 사회에 기부하겠다고 선언했다.

☠ 김형석이 장인어른을 빌딩에서 밀어 살해했습니다.

"흐흐흐! 아홉 번까지 버틴다 했더니, 이 사람도 별 수 없네."

게임을 반복하면서 주원은 효율적으로 살인을 유도하는 방법을 습득했다. 주원이 파악한 것은 세 가지였다. 강렬한 동기, 절대 들키지 않는 알리바이, 살인의 난이도.

대충 게임을 파악하고 주원은 어딘가로 전화를 걸었다.

"아, 저 두주원입니다. 우리 반 애들 뇌 데이터 등록을 좀 하고 싶은데요. 가난한 애들 지원하는 형식이든 당첨이든 뭐든, 그럴듯하게 만들 수 있죠?"

다음 날 등교하자마자 주원은 재석을 찾았다.

"너 정말로 인간은 원래 선하다고 생각하냐?"

"몇 번을 대답해야 하는 거야? 인간은 원래 선해."

"그래? 그럼 내기할래?"

"뭐?"

주원은 입꼬리를 올리며 말했다.

"그렇게 장담하면 나랑 내기하자고. 지는 사람은 '보근고' 진학을 포기하는 걸로."

"뭐라고?"

재석의 눈살이 찌푸려졌다. 보근고등학교 진학을 포기하라고? 국내 최고 명문고를? 주원은 웃으며 말했다.

"어차피 네 성적이랑 내 성적이면 둘 다 보근고에 가겠지. 근데 그러면 중학교의 반복 아니냐? 3년 내내 너랑 지겹게 싸울 텐데, 솔직히 짜증 나거든."

"나도 마찬가지다."

"그러니까 누구 한 명이 보근고를 포기하면 되잖아? 내기로 결정하자고. 인간은 원래 선하냐, 악하냐로."

재석은 헛웃음을 터뜨리며 고개를 절레절레 저었다.

"그걸 어떻게 내기한다는 거야? 결론을 내릴 수 있는 문제였다면 그게 토론 주제였겠어?"

주원은 씨익 웃었다.

"내게 방법이 있어. 인간은 자신의 이익을 위해서 살인도 저지를 정도로 악하다는 걸 증명하기만 하면 되지?"

"그게 무슨 소리야?"

"우리 반 학생들, 네가 아주 잘 아는 그 친구들이 살인을 저지른 다고 상상해 본 적 있냐?"

"뭐? 그런 상상을 왜 해?"

"인간은 원래 착하다고 믿는 너야 상상도 안 되겠지. 근데 난 아니거든? 그러니까 나랑 내기하자고. 네가 세 명을 고르고 내가 세 명을 골라서 여섯 명 중에 살인자가 더 많이 나오면 내 승리, 더 적게 나오면 네 승리로."

"무슨 말도 안 되는 소리야!"

재석은 짜증을 냈지만, 주원은 실실거리며 웃었다.

"방법은 걱정 마. 내게 확실한 방법이 있으니까. 너는 내기를 할 건지 말 건지만 말해. 우리 둘 중 누구 하나 보근고 진학을 포기하면, 앞으로 이렇게 얼굴 맞대고 짜증 날 일이 없잖아? 게다가 남은 중학교 생활 내내 찍소리도 하지 말기를 추가하자. 어때? 자신 없어? 인간은 원래 선하다면서?"

주원이 자극하자 재석은 한숨을 내쉬었다.

"그런 방법이 있다면 얼마든지 받아들이겠어. 지긋지긋한 네 얼굴을 더 안 봐도 된다면 말이야."

"좋아! 그럼 내기하는 거다. 자세한 설명은 이따 학교 끝나고 말해 주마."

주원이 웃음을 남기며 자리를 떠나고, 남겨진 재석은 절레절레 고개를 저었다.

그날 오후, 주원은 재석을 데리고 기숙사로 돌아왔다. 주원은 곧장 벽 화면에 살인 게임을 실행했다.

"이게 바로 살인 게임이다."

"그게 뭔데?"

"인간이 얼마나 악한지 알려 주는 게임이지."

주원은 빠르게 게임을 조작하며 말했다.

"이거 힘들게 찾은 거야."

커다란 화면에 한 인물이 떠올랐고, 그것을 본 재석이 반응했다.

"학교 경비 아저씨?"

"그래. 경비 아저씨 장종철. 너는 잘 알지? 항상 인사하니까."

"뭔데 이게?"

"보그나르 알지? 인간의 뇌 데이터를 서버에 저장한 뒤, 불의의 사고가 일어났을 때 새로운 육체로 이식해 주는 서비스 말이야."

"알아. 생명공학 윤리 문제로 말이 많지."

"그거야 정부에서 알아서 할 일이고."

주원은 재석의 말을 끊으며 웃었다.

"그 보그나르 서버에 저장된 사람들의 뇌 데이터 말이야, 그걸 실제 현실이 아닌 가상 현실에서 부활시키는 거지. 저게 바로 보그나르 서버에 저장되어 있는 경비 아저씨의 실제 뇌 데이터를 이용한 캐릭터야.”

“뭐라고?”

깜짝 놀라는 재석의 모습을 본 주원은 흡족해하며 말했다.

“한마디로 저건 진짜 그 경비 아저씨인 거지. 뇌 데이터를 새로운 육체로 옮기면 인간이 되지만 이건 가상 현실로 간단히 옮겼을 뿐이니까. 가상 현실에서 깨어난 경비 아저씨는 저곳이 진짜 현실이라고 생각하겠지.”

“뭐라고?”

“자, 그러면 지금부터 인간의 본성이 얼마나 악한지 보여 줄까? 게임 시작한다.”

주원은 백 마디 말보다 한 번 보라는 식으로 혼자 게임을 시작했다.

≫ 장종철은 혼자 등산 중이다.

주원이 첫 번째 명령어를 입력하자, 화면 속 배경이 바뀌며 경비 장종철이 산을 오르는 모습이 보였다.

≫ 갑자기 내린 폭우에 급히 대피하던 장종철은 우연히 동굴로 들어간다.

≫ 동굴 안에는 우연히도 그의 아내가 누워 있다.

≫ 아내 근처에는 술병이 뒹굴고 있고, 깊은 잠에 빠진 상태다.

≫ 장종철은 몇 시간 전 아내가 다른 등산객 남자와 시시덕거리는 걸 먼발 치에서 목격했다.

≫ 아내의 이름으로 20억의 생명 보험이 들어 있다.

"뭐야?"
재석의 말에도 주원은 무시하고 게임을 진행했다.

≫ 장종철이 산에 간 걸 아는 사람은 아무도 없다.

≫ 장종철은 동굴 입구에서 치명적인 독버섯인 '붉은사슴뿔버섯'이 자라고 있는 걸 보았다.

≫ 바닥에 나뒹구는 술병 근처에 아내가 안주로 먹은 듯한 버섯들이 있다. 그중에는 붉은사슴뿔버섯과 비슷하게 생긴 녹각영지버섯의 흔적도 보 인다.

화면을 지켜보던 재석은 두 눈을 부릅떴다. 경비 장종철이 잠든 아내에게 독버섯을 먹이는 게 아닌가!

☠️ **장종철이 독버섯을 먹여 아내를 살해했습니다.**

"뭐, 뭔……!"

주원은 재석의 반응을 즐기며 말했다.

"이런! 네가 매일 인사하던 그 경비 아저씨가 살인을 저질렀네? 그것도 아내를 말이야. 어때? 인간의 본성을 알게 된 소감이?"

"이게 무슨 말도 안 되는…… 뭐야?"

"뭐기는 경비 아저씨의 본성이지. 저 아저씨는 상황만 주어지면 아내를 죽일 수도 있는 인간이었던 거야."

재석은 믿을 수 없어 부정했다.

"아니야! 이건 게임이잖아!"

"맞아. 이건 가상 현실 속 게임이지만, 말했듯이 뇌 데이터는 실제야. 저 경비 장종철은 실제 본인이라고. 만약 현실에서 똑같은 상황이 벌어진다면 경비 아저씨는 똑같은 선택을 할 거란 말이지. 너처럼 똑똑한 놈이 이 사실을 부정할 생각은 아니겠지?"

"이……!"

재석은 입술을 깨물며 할 말을 찾다가 버럭 했다.

"이런 비윤리적인 게임이 어디 있어! 그리고 뭐, 보그나르 서버의 뇌 데이터라고? 절대 보안 유지와 프라이버시가 지켜져야 할 고객의 뇌 데이터잖아. 보그나르에서 이게 유출됐다고? 이게 진짜라면 나라에서 가만 놔둘 리가 없어!"

"해커가 해킹해서 빼돌렸다는데, 보그나르가 어쩌겠어? 도둑질을 한 사람이 나쁜 거지, 도둑 맞은 사람의 잘못은 아니잖아?"

"뭐?"

"아무튼 중요한 건 그게 아니고, 이게 인간의 본성이라는 거야. 어때? 이래도 인간은 원래 선하다고 말할 수 있냐?"

재석은 구겨진 얼굴로 주원을 노려보았다.

"널 보면 내 믿음이 흔들릴 지경이지만, 내 가치관에 변화는 없어. 인간은 원래 선해. 저건 그냥······."

"그러니까 내기해 보자고 했잖아. 우리 반에서 네가 세 명을 골라. 나도 세 명을 고를 테니. 이 게임 속에서 살인을 저지를 녀석이 많을까, 안 저지를 녀석이 많을까?"

"뭐?"

"세상의 때가 덜 묻은 중학생이면 네 성선설을 충분히 증명할 수 있겠지? 왜? 이걸 보니까 자신 없어?"

"허!"

재석은 경멸의 눈초리로 주원을 쳐다보며 말했다.

"난 네가 우리 반 애들을 살인자로 상상했다는 것 자체가 믿어지지 않는다. 그걸로 내기를 하자고? 조작이라도 할 셈이냐?"

"뇌 데이터 조작은 불가능해. 보그나르에서도 온전한 데이터를 이식만 할 수 있지, 조금이라도 수정하려고 하면 그 데이터는 파괴되거든. 게임을 해서 10회의 명령어 안에 살인이 일어나지 않는 사람이 세 명 이상이라면 깨끗하게 인정하고 내가 무릎이라도 꿇지. 만약 10회의 명령어 안에 세 명 이상이 살인을 저지른다면, 내 앞에서 다신 찍소리도 하지 마."

주원이 강한 눈빛으로 노려보았고, 재석은 피하지 않았다.

"좋아. 대신, 네 생각이 틀렸다는 걸 알게 되면 그 아이들에게 무릎 꿇고 사과해."

"얼마든지."

"꼭 약속 지켜라. 보근고 진학 포기하고, 다신 내 눈에 거슬리지도 말고."

"내가 약속을 어길 인간이 아니란 건 너도 알잖아? 내기 성립이다. 네가 생각하는 가장 착한 세 명을 골라. 난 뭐 대충 아무나 세 명을 고를 거야. 어차피 결과는 똑같을 테니까."

주원은 자신 있게 웃으며 재석을 배웅했다.

다음 날 등교를 하며 교문을 지나던 재석의 표정이 순식간에 굳었다.

"재석아, 지금 오냐?"

"아, 네⋯⋯."

재석은 경비 장종철의 눈을 피하며 빠른 걸음으로 지나쳤다. 재석은 경비 아저씨의 얼굴을 전처럼 쳐다볼 수 없었다.

가상 현실의 일이었지만, 보험금 때문에 아내에게 독버섯을 먹이던 모습은 정말 충격이었다. 겉으로 보기에는 인자한 느낌이라 상상조차 할 수 없었는데, 인간은 정말 상황만 주어지면 살인을 저지를 수 있는 걸까?

"……."

문득 멈춰 선 재석은 뒤를 돌아보았다. 머릿속이 뒤죽박죽 혼란스러웠다. 하지만 경비 아저씨는 실제로 아무런 죄도 짓지 않았다. 그런데 자신은 그 게임만 보고 아저씨를 범인 취급을 하고 있지 않은가. 미래에 범죄자가 될 가능성이 있다고 지금부터 범죄자 취급한다면, 그게 디스토피아지 뭔가.

재석은 크게 소리를 내질렀다.

"수고하세요, 아저씨!"

뒤돌아본 경비 장종철은 웃으며 손을 흔들었다. 재석은 고개 숙여 인사를 하고 교실로 향했다.

교실에 들어서며 재석은 새삼 아이들을 살펴보았다. 이 중 세 명을 고른다면 누구를 고를까? 고민 중이던 그때 누군가 지나가며 인사했다.

"재석아 안녕!"

"어, 안녕 혜진아."

김혜진의 얼굴의 본 순간 재석은 확실한 한 명을 고를 수 있었다. 자기가 아는 한 반에서 김혜진보다 착한 아이는 없었다. 그런데 김혜진 뒤로 다른 친구도 눈에 들어왔다.

"거스름돈을 안 돌려줬다고? 그건 아니지 인마! 민철이 너 그런 거 습관 된다!"

평소 불의를 절대 참지 못하는 강웅진이었다. 그리고 곧이어 또 다른 한 친구가 눈에 띄었다.

"으응. 아니야 난 괜찮아."

조금 소심하지만, 늘 양보하는 순한 양한호. 재석은 가장 먼저 눈에 들어온 셋이 가장 적당하다고 생각했다. 세 명으로 마음을 굳히고 자리로 향하는데 주원이 다가왔다.

"세 명은 골랐어?"

"그래."

"누군데? 강웅진? 김혜진? 차재혁?"

재석은 놀란 기색을 숨기며 말했다.

"강웅진, 김혜진, 양한호야."

"그럴 줄 알았지. 내가 고른 건 길성현, 조나은, 임치성이다."

"성현이, 나은이, 치성이?"

주원의 입에서 나온 이름은 재석을 놀라게 했다. 그 애들이 살인을 저지를 것 같은 애들이라고? 저도 모르게 재석의 고개가 그 아이들을 향했다.

"왜 그런……."

재석이 이유를 물어보려고 입을 떼는 순간 주원이 선수를 쳤다.

"누구를 고르든 상관없어. 인간은 모두 상황만 주어지면 똑같으니까. 원한다면 얼마든지 바꿔 줄 생각 있어."

미간을 찌푸리며 재석이 물었다.

"그 아이들의 뇌 데이터는 어떻게 구할 생각인데? 걔들 뇌 데이터가 모두 보그나르 서비스에 등록되어 있다고?"

"그건 네가 신경 쓸 일이 아니야. 게임은 오늘 밤에 할 거니까 잘 결정해."

주원은 본인 할 말은 끝났다는 듯 자기 자리로 돌아갔다. 재석은 주원이 자신만만해하는 모습이 미심쩍었지만 때마침 들어온 선생님에 의해서 '방법'이 밝혀졌다.

"보그나르에서 우리 학교 전교생에게 보그나르 뇌 데이터 등록 서비스를 무료로 제공하기로 했다!"

아이들은 깜짝 놀랐다. 뇌 데이터를 등록하는 건 상당히 비싼 비용을 지불해야 하는데 그걸 무료로 해 준다고?

웅성거리는 학생들 사이, 놀란 재석의 시선이 주원에게로 향했다. 주원은 무표정하게 앞만 보고 있었다.

학교를 마치고, 주원과 재석은 함께 기숙사로 향했다. 방에 도착하는 내내 여유 있는 표정의 주원은 살인 게임을 실행하며 물었다.

"첫 시작은 누구부터 할래? 네가 골라. 누구라도 좋아."

"너 설마 진짜로 걔들이 살인을 저지를 거라고 생각하는 거야?"

"보면 알겠지? 네가 못 고르겠으면 길성현부터 하자고."

커다란 벽면에 길성현의 모습이 떠올랐다. 재석은 움찔했지만, 주원은 아무렇지도 않은 듯 게임을 시작했다.

≫ 늦은 밤 공원을 지나던 길성현에게 늙은 노숙자가 말을 건다.

≫ 늙은 노숙자는 1등에 당첨된 로또 용지를 보여 주면서 이게 당첨된 것 같은데 맞느냐고 묻는다.

≫ 길성현은 스마트폰으로 로또가 100억짜리 당첨 로또라는 걸 확인한다.

≫ 당첨 사실을 알게 된 노숙자는 뛸 듯이 기뻐하며 어떻게 찾으러 가야 하는지 묻는다.

≫ 공원 주변에 사람은 아무도 없다.

≫ 노숙자는 가는 길을 알려 달라며 앞장섰고, 사람이 없는 높은 육교로 함께 올라간다.

≫ 육교를 지나던 도중에 노숙자가 어지럼증을 호소하며 난간에 기댄다.

화면 속 상황이 진행되는 걸 보는 동안, 재석은 안 그러려고 해도 긴장감을 숨길 수가 없었다. 주원도 일곱 번째 명령어를 입력한 후에도 아무런 일도 일어나지 않자 조금 초조해했다.

≫ 갑자기 난간이 무너지며 노숙자가 추락한다. 아슬아슬하게 난간을 붙잡고 매달린 노숙자의 손에 로또 용지가 튀어나와 있다.

≫ 난간은 금방이라도 추락할 듯 아슬아슬하게 달려 있고, 도로 위로 트럭들이 질주하고 있다.

아홉 번째까지 지켜보던 주원은 회심의 열 번째 명령어를 힘 있게 입력했다.

≫ 노숙자가 놓친 당첨 로또가 길성현의 발치로 날아들었다.

주원은 앞으로 펼쳐질 당연한 결과를 기다렸다. 한데 곧, 얼굴을 구겨야 했다.
"뭐야!"
화면 속 길성현이 노숙자의 팔을 붙잡고 끌어당기는 것이었다! 그 모습을 본 재석은 속으로 안도했지만 담담하게 말했다.
"뭘 기대했는데? 저게 당연하지."

"말도 안 돼! 100억 로또라고!"

도저히 이해할 수 없다는 얼굴로 화면을 노려보던 주원은 신경질적으로 화면을 꺼 버렸다. 그러고는 말했다.

"갑자기 닥친 상황이라 당황해서 멍청한 판단을 한 거야. 분명두고두고 후회할걸."

"네가 그렇게 믿고 싶은 거겠지."

"다음은 강웅진으로 간다."

주원은 화면만 노려보며 다시 키를 조작했다. 그런데 주원은 길성현 때와 같은 설정으로 시작했다. 달라진 건 단 하나.

"이번엔 로또 당첨금 1,000억이다! 그리고 중간에 이성을 차리고 생각할 시간도 충분히 주겠어."

주원은 자신만만하게 게임을 진행했다. 그러나 강웅진도 노숙자를 구했다.

"말도 안 돼! 저런 멍청한……."

도저히 이해할 수 없어 하는 주원을 보며 재석은 말했다.

"네 생각이 틀렸다는 걸 이제 알겠어?"

"웃기지 마! 저 녀석들이 특이한 거야!"

"내가 보기엔 저 애들이 정상이고 네가 비정상이야."

"아오!"

짜증을 내며 벌떡 일어난 주원이 화장실로 향했다.

문을 닫자마자 주원이 속삭였다.

"김남우, 최무정 동시 연결해!"

곧바로 통화음이 나더니 주원이 말을 쏟아냈다.

"이 거지같은 게임, 어떻게 하면 살인을 저지르게 할 수 있는 거예요? 1,000억을 두고도 사람을 구한다니 말이 안 되잖아요. 게임에 문제 있는 거 아니에요? 뭐 아이템 같은 거 없어요? 이러다 지게 생겼단 말이에요!"

"도련님, 그게 무슨 말이에요?"

최무정과 김남우의 목소리가 떨렸다.

"아니, 다른 사람에게 이 게임을 유출했단 말입니까?"

"지금 그게 중요한 게 아니라 어떻게 해야 이길 수 있느냐고!"

둘은 한동안 말이 없었다. 주원이 짜증스럽게 재촉하자 김남우가 낮은 목소리로 말했다.

"사람이 살인을 저지를 때는 무조건 돈 때문만이 아닙니다. 어떤 사람들은 고작 자기 이미지가 훼손되는 걸 막기 위해 살인을 저지르기도 하고, 권력이나 질투 때문에도 살인을 저지르죠."

"나도 그런 건 안다고요!"

"아 네. 살인이 꼭 다 이기적 살인만 있는 건 아닙니다. 누군가를 위해서 살인을 저지르는 것도 살인이죠. 아들의 목숨을 구하기 위해서 누군가를 살해한다거나."

"아!"

주원은 김남우의 말을 곧바로 알아듣고 인사도 없이 연결을 끊고 화장실을 나섰다.

　　재석은 걸어오는 주원을 보며 말했다.

　　"포기했어?"

　　"말했지. 그 둘이 특이한 거라고."

　　주원은 바로 새 게임을 시작했다.

　　"김혜진?"

　　≫ 김혜진과 아버지는 아마존 정글 투어를 돌고 있다.

　　≫ 동행한 여행자 중 한 아저씨가 맹독사를 절대 주의하라고 경고한다. 그
　　　리고 물리면 1시간 이내에 죽는다는 말을 덧붙인다.

　　≫ 아저씨는 작은 병에 든 해독제를 보여 주면서 딱 한 명밖에 쓸 수 없는 양
　　　이라고 설명한다.

　　≫ 정글에서 자유 시간을 얻은 아버지와 아저씨가 담배 피우러 갔다가 실
　　　종된다.

　　≫ 두 사람을 찾아 헤매던 김혜진이 언덕 아래에서 정신을 잃고 쓰러진 아
　　　저씨를 발견한다.

≫ 아저씨의 아내가 언덕 아래로 내려가고, 김혜진에게 언덕 위 가방에서 해독제를 꺼내 던져 달라고 소리친다.

≫ 김혜진이 가방에서 해독제를 꺼냈을 때, 반대쪽에서 아저씨와 마찬가지 상태인 아버지를 발견한다.

≫ 언덕 아래에서는 김혜진 쪽을 보지 못하는 상황이고, 김혜진에게는 해독제 병과 똑같이 생긴 물병이 있다.

☠ 김혜진이 해독제를 바꿔치기해 아저씨를 살해했습니다.

"그렇지!"

주원은 환하게 웃었지만, 재석은 다급히 말했다.

"잠깐만! 이건 아니지!"

"뭐가?"

"아버지를 살리기 위해서 어쩔 수 없었잖아, 이건! 누구라도 저 상황에서는……."

주원은 비웃었다.

"아, 그 말은 내 가족을 위한 살인은 정당하다 이 말이냐? 만약 저 죽은 아저씨가 네 아버지였다면 어때? 자기 해독제를 빼앗겨서 죽은 저 억울한 남자가 네 아버지였다면, 네가 그렇게 말할 수 있을까?"

"그건……!"

"착한 살인 같은 건 존재하지 않아. 김혜진은 살인자야."

재석의 표정이 일그러졌지만 할 말을 찾지 못했다. 주원은 바로 새 게임을 실행했다.

"다음은 양한호로 해 볼까?"

양한호도 김혜진과 마찬가지 결과가 나왔다. 이어 나머지도 모두 똑같은 결과가 나왔을 때, 주원은 의기양양하게 웃었다.

"4대 2로 내가 이겼어! 내가 말했지? 인간은 원래 다 악을 품고 있다고!"

재석은 인정할 수 없다는 얼굴로 반박했다.

"이건 아니야! 자신의 욕심이나 이익을 위해서 살인을 한 게 아니니까 이걸로 사람이 악하다고 할 수는 없어!"

"그래서 남의 아버지는 괜찮다고? 그거야말로 악한 마음이지!"

"하지만……."

"좋다!"

재석의 말을 끊은 주원은 흐릿하게 웃으며 말했다.

"그렇게 인간의 선함을 주장하는 너는 어떨까?"

"뭐?"

"변명하지 말고 네가 직접 선함을 증명해 봐. 어때? 네 뇌 데이터로 이 게임을 해 보자고. 혹시 자신 없어? 막상 하려니까 겁나?"

"이!"

재석의 눈빛이 살짝 흔들렸지만, 곧 고개를 끄덕였다.

"좋아 얼마든지! 난 인간의 선함을 믿어."

주원은 얼굴에 웃음을 띠고 곧바로 게임을 시작했다. 화면에 재석의 모습이 등장했다. 움찔 놀라는 재석을 보며 주원은 말했다.

"난 늘 인간의 위선이 우스웠단 말이야. 너처럼 가난한 사람의 본성은 특히나."

≫ 정재석의 어머니는 수억 원의 치료비가 드는 희귀 암으로 투병 중이다.

≫ 인적 없는 늦은 밤의 학교, 마음이 심란하여 학교에 머물러 있던 정재석은 두주원을 발견한다.

≫ 대기업 보그나르는 뇌 데이터 유출 사태로 망했고, 베타테스트를 했던 두주원은 수배가 내려 도주 중이다.

"뭐야?

화면 속 게임 진행을 본 재석의 표정이 혼란스러웠지만, 주원은 웃는 얼굴로 빠르게 명령어를 쳤다.

≫ 두주원은 아버지가 땅에 숨겨 놓은 비자금을 찾고 있었는데, 구덩이가

두주원의 키보다도 높다.

≫ 두주원이 구덩이 안에서 밖으로 던진 김장비닐 속 현금은 한눈에 보아도 수백억 원이 넘어 보인다.

≫ 힘겹게 구덩이 위로 올라온 두주원은 현기증을 일으키며 구덩이 아래로 추락한다.

≫ 깊은 구덩이 바닥에서 두주원은 뇌진탕으로 정신을 잃은 상태다.

≫ 10분 안에 모든 흙을 옮겨 구덩이를 메울 수 있는 전자동 삽이 바로 근처에 있다.

≫ 현금을 담아 갈 큰 가방도 바로 근처에 있다.

≫ 두주원과 정재석이 학교에 있는 걸 아는 사람은 아무도 없다.

"너 지금 나보고 너를 생매장하라고!"

화면을 보던 재석의 표정이 일그러진 그때, 화면 속 정재석이 움직였다.

☠ **정재석이 두주원을 생매장하여 살해했습니다.**

"으하하하하!"

"뭐, 뭐?"

"온갖 정의로운 척은 다 하더니! 그럴 줄 알았지!"

"아, 아니야! 그럴 리가 없어! 아니야!"

재석은 믿을 수 없어 부정했지만, 주원은 정색을 하고 재석에게 경멸의 눈빛을 쏘아붙였다.

"이게 너의 본성이야. 알아? 최소한 난 겉과 속이 다르진 않아."

"아니 난……."

"꺼져. 오늘 내기도 내가 이겼고, 네 밑바닥까지 드러났는데 무슨 말을 더 하려고? 약속대로 다신 내 눈에 거슬리지 마라."

"잠깐!"

"나가라고!"

벌레를 보듯 경멸하는 주원의 눈초리에 재석은 무거운 발걸음을 밖으로 옮겨야만 했다.

주원은 기숙사 창 너머로 고개 숙인 재석이 돌아가는 뒷모습을 지켜보며 웃었다.

"역시 내 말이 맞았어. 인간의 본성은 악해."

며칠 뒤 두석규 회장실로 불려 온 최무정과 김남우는 표정이 딱

딱하게 굳어 있었다. 그들이 만든 살인 게임이 사이버상에 유출되었기 때문이다.

"이게 어떻게 된 일인가?"

두석규의 분노한 목소리에 최무정이 얼른 변명했다.

"저희는 절대 보안을 유지했습니다! 정말입니다. 그런데……."

"그런데?"

"저, 주원 도련님께서 그 게임을 학교 친구에게 유출하신 것 같습니다."

"주원이가?"

두석규의 표정이 딱딱하게 굳었다. 김남우가 걱정스러운 얼굴로 덧붙였다.

"지금 살인 게임을 즐기는 사람들 사이에 보그나르 회장의 늦둥이 아들이 푼 게임이라서 실제 사람의 뇌 데이터가 사용되었다고 소문이 났습니다. 이 소문을 그냥 뒀다가는……."

"으음."

"유출된 게임 이용자가 벌써 수십만이 넘었습니다. 급히 보그나르 서버를 닫았지만 이미 풀린 뇌 데이터는 회수가 불가능해서……."

"으으음……."

무거운 한숨을 내쉬며 두석규는 눈을 감았다. 어정쩡하게 대기하던 두 사람은 두석규의 나가라는 손짓에 눈치를 보며 회장실을 빠져나왔다.

죄인처럼 고개를 숙이고 회장실을 나오던 두 사람의 표정이 점점 돌변했다. 최무정이 입술을 비틀어 웃으며 말했다.

"우리가 그냥 당하고 있을 줄 알고? 어림도 없지!"

김남우도 같은 표정으로 고개를 끄덕였다. 살인 게임을 세상에 유출한 건 이들 두 사람이었다. 두 사람은 주원에게 게임을 전달한 그날, 두석규가 게임 회사의 대표로 두주원의 이름을 등록했다는 사실을 알게 되었다. 두석규는 그들에게 게임 회사 회장 자리를 약속했지만, 그 자리는 두주원의 자리였던 것이다.

"그대로 있었으면 우리만 뇌 데이터를 유출한 해커로 처벌당하고, 두석규 회장 좋은 일 시켰겠지."

"지금 유출 게임에 아들의 이름이 돌아다니니까 수습하느라 고생 좀 하겠지? 속이 다 시원하네."

"진짜 복수는 아직 멀었잖아? 흐흐흐."

"아, 그렇지!"

둘은 서로를 바라보며 살짝 웃었다. 그들은 두석규에게 복수를 계획할 때, 두주원의 전화를 받았었다.

'이 거지같은 게임, 어떻게 하면 살인을 저지르게 할 수 있는 거예요?'

그 순간 둘은 계획을 바로 실행했다. 김남우가 주원에게 가족을 이용하라는 팁을 전해 줄 때, 최무정은 보그나르 서버를 조작했다.

살인 게임에 사용되는 캐릭터의 뇌를 모조리 '두석규'의 뇌 데이터로 바꾼 것이다. 인물 정보는 그대로였지만 실제 뇌 데이터는 모두 두석규 한 명으로 대체한 것이다.

주원이 재석과의 대결에서 이긴 이유도 그 때문이었다. 캐릭터를 바꾸어도 뇌는 한 사람, 두석규의 뇌였으니까.

그런데 두 사람의 복수는 따로 있었다.

"두석규 회장, 환갑 때 건강한 신체로 이식한다는 소문 들었지?"

"사실 두석규 회장의 정확한 나이는 아무도 모른대. 100살이 넘는다는 말도 있고."

"그래, 원래는 키 작고 별 볼 일 없는 모습이었다는데 지금은 완벽한 모습이잖아."

"하지만 절대 완벽할 수는 없어."

두 사람은 의미심장한 웃음을 지으며 바라보았다.

살인 게임은 유출된 지 얼마 지나지 않아 이용자가 수십만 명이 넘었다. 게임 속에서는 수백만 번이 넘는 살인이 이어지고 있었다. 그리고 그 게임 데이터는 모두 두석규의 뇌 데이터에 저장되었다.

두 사람은 두석규의 뇌 데이터를 기업 보그나르의 서버에 연동시켰다. 뇌 데이터 자체는 조작이 불가능했기 때문에 실시간으로 게임 결과가 업데이트되도록 한 것이다.

"두석규 회장이 새로운 몸으로 깨어났을 때, 게임 데이터도 함께 이식될 거야. 수백만 명이 넘는 다양한 살인 기억을 지닌 채로."

"그것뿐만이 아니지. 살해당한 캐릭터들도 모두 두석규니까. 수백만 번 살해당한 기억도 함께 할 거야."

"그런 채로 깨어나면 미치지 않고 버틸 수 있을까?"

"보통 사람은 힘들겠지?"

김남우는 최무정을 보고 씁쓸한 표정을 지었다.

"그나저나 이 게임이 자동 폐기 시스템은 언제 작동하지?"

"베타 버전이라 한 달로 설정했으니까…… 사흘 뒤면 모든 사이버상에서 사라질 거야."

"정식 출시가 되었으면 우린 부자가 되었겠지?"

"그랬겠지. 하지만 이렇게 하기로 너도 동의한 거잖아."

"그래, 다른 사람이 하는 모습을 보고서야 우리가 만든 게임이 얼마나 무서운 건지 깨달았으니까."

박애진

목격자

페가수스 우주 정거장 도착 5일 전

"현경아, 샬롯은 네 친구야. 넌 지금 친구를 죽이려는 거나 마찬가지야."

토마스가 말했다.

"제가 친구를 죽이려는 거라고요? 제가요?"

현경이 반문했다.

"결과적으로 그렇지. 샬롯은 생물학적 나이로 열다섯 살이야. 미성년자고 단순 사고였으니 법적인 처벌은 받지 않을 거야. 대신 살아도 사는 게 아닌 삶을 살게 될 거다."

토마스는 이후 샬롯에게 일어날 일을 설명했다. 앞으로 5일이면 그들이 타고 있는 탐사선 파인딩 시아가 페가수스 우주 정거장에

도착한다. 샬롯은 거기서 조사 위원회에 회부될 것이다. 유죄로 판결날 경우 지구로 돌아가는 귀환선을 타야 한다. 그리고 지구에서 정식 재판을 받게 될 것이다. 설령 무죄 판결을 받는다 해도 평생 연구 대상이 되어 실험을 당하며 살아야 한다.

"너희는 우주에서 생존한 마지막 고속 성장 클론이야. 그러니 클론 연구자들이라면 누구나 눈에 불을 켜고 달려들 거야. 네 친구가 그렇게 살기를 바라니?"

현경은 화가 치밀었다. 토마스는 또 억지 논리를 펴고 있었다. 토마스의 논리는 벽에 문이라고 쓴 뒤 문이라고 우기는 식이었다.

"그럴 리가 없잖아요. 제 친구든 아니든 누구라도 그렇게 사는 건 옳지 않으니까요. 그런데 그건 샬롯이 앙투완을……."

"앙투완에게 생긴 비극적인 일은 나도 마음이 아프단다. 너도 그렇지?"

토마스가 현경의 말을 잘랐다.

"당연하죠. 앙투완도 제 친구니까요. 샬롯의 친구이기도 했고요. 소피아도 마찬가지예요. 제 친구이면서 샬롯의 친구죠. 그런데 샬롯은 소피아도……!"

"시간이 걸리겠지만 앙투완은 회복될 거야. 소피아에게는 아무 일도 없었고. 그러니 우린 샬롯을 생각해야 해."

"기왕 일어난 일이니 아무 일도 없던 것처럼 지내라는 말씀이세요?"

"그런 말이 아니잖아. 왜 이렇게 이해를 못 하니?"

현경은 조명을 등지고 있는 토마스를 올려다보느라 아린 눈을 깜빡였다. 현경의 방 조명은 다른 방보다 밝았다. 토마스가 어두운 불빛은 어두운 마음을 불러일으킨다며 조도를 높인 탓이었다. 강한 불빛이 토마스의 얼굴과 몸에 짙은 음영을 드리워 그를 더 사납고 커 보이게 했다. 토마스는 강한 불빛이 강한 어둠을 만든다는 건 모르는 모양이었다.

"소피아를 만나고 싶어요. 아니면 이야기라도 하게 해 주세요."

현경이 간절하게 말했다. 조금만 조도를 낮춰도 그림자가 저렇게 무서워 보이지는 않을 것이다. 그러면 더 차분하게 그를, 이 모든 일을 마주할 수 있을 것 같았다.

"지금 소피아를 만나면 넌 그 애 입장에서만 생각하게 될 거야."

"샬롯은 만나라고 하셨잖아요."

"샬롯이 진심으로 반성한다는 걸 알기 바랐다."

"소피아를 만나게 해 주시면 샬롯도 만나 볼게요. 한쪽 입장만 들으라고 강요하지……."

"정말 버릇없이 구는구나! 난 늘 너희에게 선생이자 친구로서 최선을 다했어. 내 호의가 과했나 보구나. 지구였다면 선생한테 이런 식으로 말대꾸하지 못했을 거야!"

토마스는 허리에 손을 얹고 고개를 돌려 더 이상 현경의 말을 듣지 않겠다는 태도를 취했다. 거스를 수 없는 어른을 앞에 둔 어린아이의 절대적인 무력감이 현경을 덮쳤다.

토마스는 한참 후 열기가 느껴지는 한숨을 내쉰 뒤, 하기 싫지만 해야 하는 과제를 앞둔 사람처럼 다시 현경을 보았다.

"샬롯의 입장에서도 생각해 보겠다고 약속해 주겠니?"

현경은 지난 며칠 간 샬롯의 입장을 생각하고 생각했으며 지금도 생각하고 있었다. 왜 그랬어? 도대체 왜?

"생각해 볼게요."

현경은 이를 악물고 대답했다. 토마스가 말하는 약속은 강요와 다를 바 없었기에 다른 답은 있을 수 없었다.

"지구에서는 친구 간에 일어난 일을 선생에게 말하면 따돌림을 당하지. 보통 아이들은 자기들 일은 스스로 해결하려고 하니까. 물론 여긴 지구가 아니고, 너희는 클론이지만 샬롯을 저버리면 넌 혼자가 될 거야. 다 너를 생각해서 하는 말이야."

현경은 토마스의 눈빛에서 계속 그의 말에 반박하면 앞으로 자기를 배제시키겠다는 암시를 읽었다. 토마스는 자기 의도가 전해졌음을 확인하고 방을 나갔다.

현경의 마음속에서 탄산수의 기포처럼 토마스에 대한 화가 솟아올랐다. 샬롯이 벌을 받아야 하는 이유는 잘못을 저질렀기 때문이었다. 그런데 토마스는 샬롯이 유죄 판결을 받으면 현경에게 책임이 있다고 했다.

현경은 눈이 부신 조명 불빛을 바라보았다. 토마스가 조명 기기 접근 권한을 막아서 조도를 낮출 수가 없었다.

토마스는 파인딩 시아 안에서 유일한 어른이며 보호자이자 선생이고 부모였다. 그가 막으면 현경은 자기 방의 조명 하나 마음대로 못 하는 신세였다. 도대체 어떡하면 좋지?

페가수스 우주 정거장 도착 1년 전

샬롯과 앙투완은 처음 만난 날부터 삐걱거렸다. 약 1년 전 지구 범우주탐사국에서 클론들의 고속 성장을 중단시키라는 지시를 내렸다. 토마스는 성장 캡슐에 있던 아이들을 깨웠지만 놀이실, 동물 보호실, 통제실, 식당 등의 이용 시간을 각기 다르게 정해 서로 만나지 못하게 했다. 하지만 아이들은 서로의 흔적을 찾아다녔다. 현경은 놀이실이나 식당에 떨어져 있는 머리카락, 버추얼 게임에 등록된 캐릭터 등을 통해 다른 아이들을 넷이라 추측할 수 있었다. 현경이 찾은 머리카락은 곱슬거리는 금색, 짧은 밤색, 길고 검은색, 굵고 거친 빨간색이었다.

토마스는 한 달이 지나서야 아이들이 만나는 걸 허락했다. 현경은 설레는 마음으로 약속 장소인 식당에 들어갔다. 현경의 짐작이 맞았다. 금발은 소피아, 빨간 머리는 샬롯이었다. 현경의 뒤를 이어 짧은 밤색 머리를 한 앙투완이 들어왔다.

"너구나? 여기저기 빨간 머리카락을 흘리고 다닌 애가?"

앙투완이 샬롯을 보며 킬킬 웃었다.

"나도 널 제일 먼저 알았는데!"

소피아가 말했다. 현경도 마찬가지였다. 샬롯의 머리카락이 워낙 눈에 띄었기 때문이다. 샬롯은 다들 자기부터 알아차렸다는 사실이 무안한지 표정이 좋지 않았다.

"미안해."

소피아가 샬롯의 표정을 살피며 사과했다.

"괜찮아."

샬롯이 대답하며 맨 먼저 말을 꺼낸 앙투완을 노려보았다.

"별 말도 아니잖아."

앙투완이 언짢은 얼굴을 했다.

"범우주탐사국에서 너희에게 정식 탐사원 지위를 주라고 했단다. 아직 지식이 부족하지만 앞으로 내가 가르치면 되니까."

토마스가 말했다.

현경은 환호성을 질렀다. 그리고 메인 컴퓨터에 접속해 그간 궁금했던 점들을 찾아봤다.

고속 성장 클론은 외계 행성 탐사를 위해 만들어졌다. 외계 행성 탐사는 예측 불가능한 상황이 속출해 인공지능만으로는 한계가 있었다. 인공지능은 아직 인간의 유연한 사고 능력을 따라오지 못하기 때문이었다. 그렇다고 진짜 사람이 행성 탐사를 가기에는 위험했다. 그래서 클론을 만들어 보내자는 의견이 나온 것이다. 이

내용은 현경도 이미 알고 있었다. 현경은 뒤에 이어지는 내용을 집중해서 살폈다.

범우주탐사국은 현경을 포함해 20명을 수정란 상태로 파인딩 시아에 태웠다. 파인딩 시아는 제단자리 뮤 f의 위성 시아를 탐사하기 위한 탐사선이었다. 시아까지 가는 데 걸리는 예상 기간은 5년으로 클론이 성인으로 자라기에 충분한 시간이었다. 아이들은 성장 캡슐 안에서 자라며 뇌에 이식한 칩을 통해 지식을 업그레이드했다. 예정대로라면 1년 뒤 스무 살의 신체 조건에 10여 개의 석사 학위와 2~3개의 박사 학위를 딸 정도의 지식을 습득한 채 깨어나야 했다.

그런데 파인딩 시아가 지구를 떠난 지 채 1년이 지나지 않아 10명이 죽더니 4년이 지나자 5명밖에 남지 않았다. 이 일이 클론 반대론자들의 목소리에 힘을 실어, 클론 제작은 전면 중지되었다. 하지만 찬성론자들이 포기한 건 아니었기에 언제든 다시 재개될 수 있었다.

"왜 갑자기 사망률이 높아진 거죠?"

모두 함께 아침 식사를 하던 중 현경이 토마스에게 물었다.

"그게 무슨 소리야?"

샬롯이 물었다.

"지구에서는 성장 도중 사망률이 10퍼센트 미만이었는데, 여기선 75퍼센트였어. 범우주탐사국은 고속 성장 부작용일 가능성을

고려해 우리를 보통 속도로 키우라고 한 거야. 이 일로 클론 반대
론자들이……."

"클론 반대론자? 우리를 반대한다는 거야?"

앙투완이 물었다.

"찬성론자도 있어."

현경이 대답했다.

"그걸 어떻게 알았어?"

소피아가 물었다. 현경은 그제야 다른 아이들은 메인 컴퓨터에
접속할 생각을 하지 못했다는 것을 깨달았다.

"너희는 이제 정식 탐사대원이라 메인 컴퓨터에서 뭐든 필요한
걸 찾아볼 수 있단다. 그런데 지금은 식사 중이잖니? 따로 이야기
할 시간을 갖도록 하자."

현경은 토마스의 말투에서 위화감을 느꼈다. 메인 컴퓨터에 접
속할 수 있다는 사실을 알려 주고 싶지 않았던 걸까?

다음 날 오후 토마스가 아이들을 학습실에 불렀다.

"오늘은 토론식 수업을 할 거란다. 아주 재미있을 거야."

다들 클론 찬반에 대해 찾아봤기 때문에 기본적인 내용은 알고
있었다. 찬성론자는 안정적인 성장과 인류의 발전이라는 측면에서
클론 생산을 지지했다. 생물학적 부모가 반드시 좋은 양육자인 건
아니다. 아동 학대 가해자의 80퍼센트가 부모인데, 클론은 정신적
으로나 신체적으로 전문가들이 보살피고 인공지능이 감시하기 때

문에 학대는 있을 수 없었다. 사실 많은 생물학적 부모가 아이들을 보육원, 유아원, 학교, 학원 등 전문 시설에 맡겼다.

사람들은 보통 성인이 되는 기간인 약 20년, 길게는 안정적인 직장을 잡아 독립하기까지 30년간 부모의 보살핌을 받았다. 부모는 자신의 인생을 자식에게 바쳐야 하고, 자식은 주체적인 삶을 살기 어려웠다. 하지만 클론은 5년이면 다방면에서 지식을 갖춘 성인으로 자라 인류의 발전에 이바지할 수 있다는 것이다.

반대론자는 부모와 자식이 서로의 존재를 모르는 건 비인간적인 처사라 반박했다. 어른은 지식의 양으로 결정되는 게 아니며, 클론은 청소년기를 제대로 보내지 못함으로써 성숙한 자의식을 갖지 못하게 된다고 보았다. 어떤 이들은 청소년기, 다른 말로 사춘기를 제거하는 건 애초에 불가능하기에 클론은 평생을 어른들 사이에 낀 아이인 채로 혼란 속에서 살아야 한다고 주장했다.

고속 성장의 부작용도 지적되었다. 성장 캡슐에서 자라는 동안 열에 하나는 목숨을 잃었고, 지식 이식 칩은 조울증, 정신분열증 등 정신병뿐만 아니라 뇌종양까지 유발했다. 그래서 보통 사람에게는 사용이 금지되었는데 클론에게 여전히 쓰는 건 옳지 않다는 것이다.

사회적인 문제도 발생했다. 인공 혈액이 개발되기 전에는 가난한 이들이 피를 팔아 생계를 이어 나갔다. 그런데 이제는 클론을 만드는 데 쓰이는 생식 세포를 팔고 있었다. 클론 생산은 인류의 발전이라는 명분 아래 소외 계층을 더욱 소외시키고 있었다.

"이 자료를 보렴."

토마스가 시청각 자료를 틀었다. 화면에 엄마의 병을 물려받은 갓난아이들, 삐쩍 말라 배만 나온 아이들, 흙탕물 한 동이를 긷기 위해 땡볕 아래에서 수 킬로미터를 오가는 초췌한 아이들이 나왔다. 어느 배우의 말을 빌리자면 '스마트워치를 가진 사람들이 화장실이 없는 사람보다 많은' 상황이었다.

"어떻게 저렇게 쪼끄만 애한테 동생들을 돌보게 하고, 밥에, 빨래까지 시켜요? 전 절대 지구로 가지 않을 거예요!"

샬롯이 눈을 휘둥그레 뜨고 말했다. 토마스가 흡족한 미소를 지었다.

"세상에! 한 웅덩이에서 빨래도 하고 마실 물도 길어요! 벌레가 기어 다니는 맨바닥에서 자고…… 으웩! 전 여기가 좋아요."

앙투완도 호들갑스럽게 대답했다.

"여긴 최첨단 의료 장비가 있어. 물은 깨끗하고 음식은 완벽한 건강식이지."

토마스가 말했다.

"전 파인딩 시아에서 살면서 불편하다고 느낀 적이 한 번도 없어요."

소피아가 말했다.

"지구 아이들이 다 저런 환경에서 살지는 않을 거예요. 평범한 집에서 사는 아이들도 있잖아요? 그런 아이들에 대한 자료도 있어야 우리가 어떤 상황에서 자라는지 알 수 있을 것 같아요."

현경이 말했다.

"일리 있네."

소피아가 말했다.

"다른 것도 더 보자꾸나."

토마스가 이번에는 가난해 점심을 먹지 못하거나 생리대 등 필수품을 사지 못하는 아이들에 대한 시청각 자료를 틀었다.

"부유한 환경에서 지내는 애들은 없나요? 이런 예시 말고요."

현경이 물었다.

"현경이가 사춘기가 왔구나?"

현경은 사춘기에 대해 아는 정보를 떠올렸다. 사춘기의 특징 중 하나가 자기와 세계에 대한 의문을 갖는 것이었다. 그럼 자기는 사춘기가 맞는지도 몰랐다.

"농담이란다. 너희는 사춘기가 오지 않으니까. 고속 성장은 중간에 멈췄을지라도 10여 개의 전문 지식에 대해 석사 수준의 지식을 가지고 있고 만족스러운 상황에서 좋은 스승에게 배우고 있잖아. 그러니 너희는 사춘기를 걱정할 필요 없어. 자, 다시 주제로 돌아가서 물론 부유한 환경에서 자라는 애들도 있어. 하지만 그런 아이들은 극소수에 불과해. 그럼 오늘 수업에서 어떤 점이 좋았는지 말해 볼까?"

토마스가 다른 아이들을 보며 물었다.

토마스는 토론식 수업을 좋아했다. 한번은 양양의 이야기를 주제로 삼기도 했다. 양양이 죽은 뒤 현경은 그 애의 이름조차 입에 올릴 수 없었다. 누가 양양 이야기를 꺼낼까 싶어 한동안 아이들을 피해 혼자 지냈다. 양양은 현경보다 긴 검은 머리였는데 처음 만난 날에는 묻는 말에 겨우 대답만 할 정도로 낯을 가렸다. 그리고 3개월 뒤 뇌종양으로 죽었다.

토론 수업에서 현경은 양양의 이름을 듣고도 담담하게 있을 수 있는 자신의 모습 때문에 마음이 옥죄어 왔다.

"비인간적인 실험으로 인해 사망했으니 과학자들이 처벌을 받아야 하는 거 아닌가요? 칩에 부작용이 있는 줄 알면서도 삽입했잖아요."

앙투완이 어두운 얼굴로 물었다.

"좋은 질문이다."

토마스가 고개를 끄덕였다.

"너희 모두 고대에 있던 로마라는 나라에 대해 알지?"

"네."

"로마에는 태어난 아이가 기형이거나 여자아이라면 죽여도 된다는 법이 있었단다. 그때였다면 어땠을지 이야기해 볼까?"

"고대 로마였다면 양양에게 종양이 있었다는 걸 몰랐겠죠. 그 정도로 의학이 발달하지 않았으니까요. 그리고 양양이 칩 부작용으로 뇌종양에 걸린 것과 고대 로마 법을 비교하는 건 적절하지 않아요."

현경이 말했다.

"이야기해 보자는 거란다. 의견들 말해 보렴. 다들 아무 생각 없니?"

현경은 당황했다. 자기 의견은? 자기 의견은 의견이 아닌가?

그날 현경은 토마스가 토론식 수업이라며 자기 생각을 아이들에게 주입시키려 한다고 확신했다. 토마스의 질문에는 언제나 의도가 있었고, 자기 의도와 다른 의견은 무시했다.

"여기가 로마였다면 샬롯은 태어나자마자 죽었겠네요?"

앙투완이 킥킥 거렸다.

"너야말로 죽었어야지. 혈소판 감소증 때문에 보호복 안에서 빌빌 거리잖아?"

샬롯이 받아쳤다.

앙투완은 양양이 죽고 얼마 지나지 않아 혈소판 감소증 판정을 받았다. 혈소판 감소증은 혈소판의 수가 줄어드는 병으로 혈액이 응고되지 않고 지혈도 잘 되지 않았다. 앙투완의 경우 골수에서 혈소판을 충분히 만들지 못해 발병했는데, 이 역시 고속 성장의 부작용일 가능성이 높았다.

앙투완은 걷다가 탁자에 살짝 부딪치기만 해도 멍이 들었다. 토마스는 앙투완에게 뛰거나 힘든 운동은 하지 말라고 당부했다. 앙

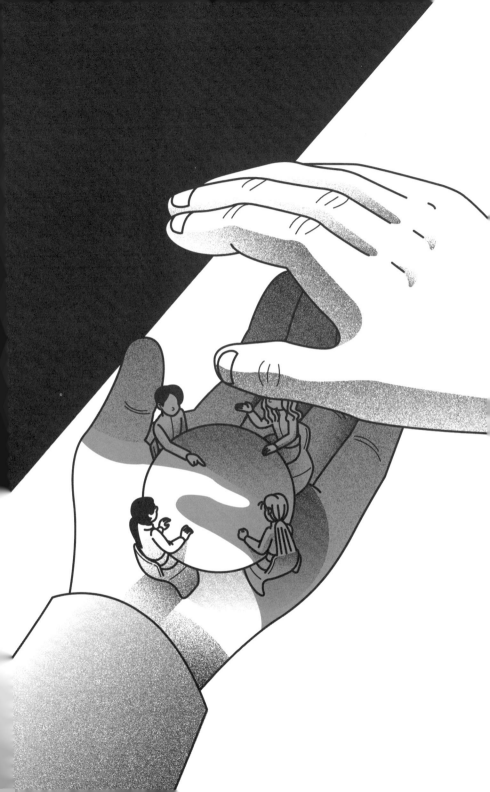

투완은 주기적으로 혈액 검사를 하고, 수혈을 받고, 약과 처방식을 먹었는데도 낫기는커녕 조금씩 악화되어 결국 보호복을 입어야 했다.

"난 태어났을 때는 멀쩡했거든? 넌 애초에 계집애로 태어났잖아."

"너 지금 계집애라고 했어?"

샬롯보다 소피아가 먼저 소리쳤다.

"앙투완, 계집애라는 말은 낮잡아 부르는 말이야. 단어나 말투에 주의하라고, 여자애들은 예민하니 네가 이해하라고 했지? 자자, 토론에 집중하자."

토마스가 말했다.

앙투완과 샬롯은 경쟁하듯 고대 로마에 대해 아는 지식이란 지식은 다 꺼내기 시작했다. 토론 수업은 늘 이런 식이었다. 앙투완과 샬롯은 서로 지지 않으려 애쓰는 동시에 토마스를 기쁘게 할 답을 찾으려 안간힘을 썼다. 소피아는 때로는 수긍했고 가끔 질문을 하는 정도였다. 현경은 대체로 반박했는데, 그로 인해 토마스가 자기와는 거리를 둔다고 느꼈다. 하지만 누구에게도 말하지 않았다. 여자애라서 예민하게 군다는 소리를 듣고 싶지 않아서였다.

현경은 항상 이성적으로 판단하기 위해 최선을 다했다. 그런데 여자애들은 감정적이라던 토마스가 이번 사건은 친구니까 잘못을 덮어 주라고 하는 것이다.

시작부터 좋지 못했던 샬롯과 앙투완의 관계는 앙투완이 혈소판 감소증 진단을 받은 뒤부터 내리막길을 걸었다. 앙투완이 배려받는 것을 당연시하며 요령을 부리기 시작했기 때문이었다.

탐사선에는 위성 시아에서 적응할 수 있는지 알아보기 위해 데려가는 생쥐, 토끼, 기니피그가 있었다. 우주선은 청소봇들이 알아서 청소했지만 동물 보호실은 달랐다. 동물 우리는 마른 풀, 톱밥 따위를 깔아 놓아 청소봇이 기계적으로 치우기 까다로워 아이들이 순번을 정해 돌아가며 치웠다. 동물은 귀엽지만 똥을 치우는 일은 고역이라 아무도 이 일을 좋아하지 않았다.

앙투완은 동물 우리를 청소하는 차례가 오면 어지럽거나 기운이 없다고 하소연을 했다. 청소봇이나 음식물 찌꺼기 재순환기, 배설물 처리기 점검 같은 일을 해야 할 때도 마찬가지였다. 동물 우리 청소를 제외하면 직접 보거나 만질 필요가 없는 일이었기에 앙투완이 우는 소리를 하면 현경은 잠자코 대신했다. 샬롯은 같은 이유로 거부했다.

"네 체온은 참 편리해. 어쩜 그렇게 딱 네 순서가 되면 갑자기 열이 오르냐?"

"토끼 똥이 무거워 봐야 얼마나 무겁다고 그래?"

"앉아서 계기판만 지켜보면 되는 일이잖아."

소피아는 셋 중 제일 살뜰하게 앙투완을 챙겼다. 거의 매일 앙투완과 버추얼 게임으로 농구나 축구를 했다. 그러면 꼭 샬롯이

와서 시비를 걸었다. 앙투완은 화를 내거나 울음을 터뜨렸다.

현경은 끝나지 않는 시험의 늪에 빠진 것처럼 지쳐 갔다. 네 명이 하던 일을 세 명이 하는 셈이 되어 일의 양도 늘었을 뿐더러 앙투완의 불평불만도 들어 줘야 했기 때문이었다. 여기 멍 든 것 좀봐, 검사 받기 싫다, 샬롯이 또 못살게 굴었다……. 앙투완이 병을 앓고 있었기에 현경은 착한 친구가 되어야 했다. 가끔 따끔하게 한소리 하고 싶다가도 양양의 얼굴이 떠올라 그러지 못했다.

한번은 샬롯이 놀이실에서 앙투완을 발로 툭툭 건드리는 모습을 토마스가 보게 되었다. 탐사선은 개인실, 욕실 등 몇몇 개인 공간을 제외하면 어디든 CCTV가 있었다. 하필 토마스가 통제실에서 CCTV를 점검할 때 샬롯이 앙투완을 괴롭힌 것이다.

"앙투완이 지금 얼마나 약한 줄 몰라? 아무리 보호복을 입고 있다지만 조심해야지!"

토마스는 잘못했다고 비는 샬롯을 격리실로 데려가 가두었다. 현경은 그때 앙투완이 득의만만한 웃음을 짓고, 샬롯이 두고 보자는 눈빛으로 쏘아보는 모습을 똑똑히 보았다.

그 뒤 둘은 주로 식당에서 싸웠다. 식당 CCTV가 고장 났는데 중요하지 않은 곳이라 굳이 고치지 않았기 때문이었다.

"식판은 안 무겁니? 들어 줄 사람 필요없어?"

샬롯이 또 시비를 걸자 폭발한 앙투완이 식판을 집어 던졌다. 샬롯이 용케 피해 다치지는 않았지만 이대로는 안 되겠다 싶어 소피아가 토마스에게 중재를 요청했다.

토마스가 아이들을 모두 불러 모아 무슨 일인지 물었다. 현경이나 소피아가 말을 보탤 필요도 없이 샬롯이 눈물을 뚝뚝 흘리며 앙투완에게 사과했다.

"나도 심했어."

앙투완은 사과를 받아들였다. 토마스가 흡족한 얼굴로 통제실로 돌아가자 샬롯이 사납게 눈을 치켜떴다.

"토마스가 없으면 아무것도 아닌 게……."

"토마스 앞에서는 꼼짝도 못 하는 게……."

앙투완이 지지 않고 받아쳤다.

"내가 괜한 짓을 했네."

소피아가 나직하게 중얼거렸다. 토마스는 앙투완이 발병한 뒤 자주 찾아가 살폈다. 샬롯은 그걸 질투하고 있었는데, 토마스 때문에 야단까지 맞았으니 말린다는 게 부추긴 꼴이 되어 버렸다.

페가수스 우주 정거장 도착 6일 전

탁자 끝에 아슬아슬하게 걸쳐 있던 유리컵이 결국 떨어져 박살 나듯 일이 터졌다. 현경이 조각난 파편을 맞춘 이야기는 대략 이러했다.

앙투완이 놀이실에서 운동을 하는데 샬롯이 들어왔다.

"보호복을 입고 있어서 아주 든든하시겠어? 토마스 뒤에 숨어 있듯 말이지."

샬롯이 도발하자 앙투완이 보호복을 벗고 덤볐다. 샬롯은 온 힘을 다해 밀었고, 앙투완은 벽에 머리를 부딪치더니 고꾸라졌다. 샬롯은 쓰러진 앙투완을 살피며 안절부절못하더니 통제실로 갔다. 그때 소피아가 통제실로 들어서자 샬롯이 몸으로 화면을 막았다.

"뭔데 그래?"

소피아가 물었다.

"별 거 아냐."

샬롯이 어색하게 웃었다. 소피아는 샬롯을 밀어내고 CCTV를 확인했다.

"무슨 짓을 한 거야?"

소피아는 놀이실로 치료봇을 호출하고 자기도 달려갔다. 샬롯은 한발 늦게 뒤따랐다. 치료봇이 앙투완을 치료실로 옮겼다. 앙투완은 의식이 없었다.

"토마스한테 이야기해야 해. 네가 솔직하게 말하는 게 나을 것 같아."

소피아가 말했다.

"잠깐만 마음의 준비를 할 시간을 줘. 오늘 안에는 말할게."

샬롯이 겁먹은 얼굴로 말했다.

"그래."

소피아는 방으로 돌아갔다.

현경은 그때 동물 보호실에서 토끼, 기니피그의 순서대로 우리를 둘러보고 있었다. 마지막으로 생쥐 우리를 보니, 구석에서 레미가 입에 거품을 문 채 죽어 있었다. 가까이 가서 확인할 필요조차 없었다. 자고 있는 모습과 죽은 모습은 본질적으로 다르다.

안 그래도 최근 들어 동물들 상태가 좀 이상하다 느낀 차였다. 원인도 짐작하고 있었다. 그래도 설마 이렇게까지 할 줄은 몰랐다. 현경은 진작 조치를 취하지 못한 자신에 대한 자책, 레미가 죽어 있는 줄도 모르고 다른 동물들을 보고 있었다는 충격과 죄책감, 화가 뒤섞여 떨리는 손으로 레미를 쓰다듬었다. 레미의 몸은 이미 차갑고 딱딱했다.

"미안해……."

현경은 동물 보호실을 나와 개인실 구역으로 향하다 멈춰 섰다. 짚이는 사람이 있었지만 모르는 일이라고 잡아떼면 그만이었다. 증거부터 확보해야 했다. 분명 CCTV에 영상이 찍혔을 것이다. 발길을 돌려 통제실에 가니 동물 보호실만 녹화가 중지되어 있었다. CCTV를 작동시키자 샬롯의 모습이 나왔다. 샬롯은 서랍에서 수면제를 꺼내고 있었다. 수면제는 탐사선에 태운 동물들이 불치병에 걸려 고통이 심해질 경우 안락사 시킬 때 쓰는 약이었다. 샬롯이 CCTV를 슬쩍 바라보았다. CCTV가 꺼져 있는 줄 아는 눈치였다. 자기가 끄지 않았다면 어떻게 알았겠는가.

현경은 하얗게 질려 마치 들어갈 듯 화면에 코를 박았다. 샬롯이었단 말이야?

샬롯은 수면제만 챙겨 동물 보호실을 나갔다. 현경은 샬롯의 동선을 따라 CCTV를 확인했다. 샬롯은 식당으로 들어가더니 몇 분 뒤 물컵을 쥐고 소피아의 개인실 쪽으로 갔다. 현경은 소피아의 개인실로 뛰어갔다. 소피아가 샬롯이 조금 전까지 들고 있던 컵을 손에 쥐고 있었다.

"그 물 마시면 안 돼!"

현경이 소리쳤다. 소피아가 어리둥절한 얼굴을 했다.

"소피아야, 소피아가 앙투완을 밀었어!"

샬롯이 외쳤다.

"너 미쳤어? 어디서 뒤집어씌우려 들어?"

"앙투완이 어쨌다고?"

현경이 물었다.

"샬롯이 앙투완을 밀어서 죽일 뻔했어! 내가 치료봇을 불러 치료실로 옮겼어."

소피아는 통제실에서 샬롯을 만난 일부터 정신없이 이야기하기 시작했다. 샬롯은 소피아가 없던 일을 지어낸다고 소리를 질렀다.

현경은 즉시 토마스를 불렀다. 자기들끼리 해결할 수 있는 일이 아니었다.

"샬롯이 앙투완을 죽이려고 했어요! 저한테 들키니까 물에 뭔가

타서 준 것 같아요!"

"아니야! CCTV를 보면 소피아 네가……!"

"물을 검사해 보면 알겠지."

현경이 말했다.

"맞아, 그럼 되겠네!"

소피아는 격렬하게 맞장구쳤고 샬롯은 음 소거 버튼이 눌린 것처럼 조용해졌다. 토마스가 소피아와 샬롯을 데려가 격리시켰다. 이후 현경은 토마스를 통해 둘의 주장을 전해 들을 수밖에 없었다. 주로 샬롯의 의견이었지만 말이다.

샬롯은 자기가 앙투완을 미는 모습만 삭제하고, 소피아가 앙투완을 살피는 모습은 남겨 두었다. 그걸로 소피아가 앙투완을 다치게 했다고 우길 셈이었다.

토마스는 앙투완이 곧 깨어날 거라고, 다만 안정을 취해야 하니 보러 가서는 안 된다고 말했다.

"물에서 수면제 성분이 나왔나요?"

현경이 물었다.

"버렸단다."

토마스가 대답했다.

"버리다니요? 왜요?"

"친구란 의심하기보다 믿어야 한다고 가르치지 않았니? 그걸 검사하는 행위 자체가 친구를 의심하는 거야."

"의심해서가 아니라 확인을 위해서예요."

"난 너희를 그렇게 가르치지 않았다."

토마스가 엄하게 말했다. 그러더니 샬롯을 도와줘야 한다는 말을 반복했다.

페가수스 우주 정거장 도착 1일 전

"소피아를 만나고 싶어요."

현경이 토마스를 찾아가 말했다.

"그럼 올바른 결정을 내릴 거니?"

"사실 그대로 말해야 한다고 가르치셨잖아요."

"네가 착각하는 걸 사실이라고 믿을까 두렵구나."

"샬롯을 위해 생각해 볼게요. 소피아와 샬롯 둘 다 만나게 해 주시면요."

토마스는 잠시 생각하더니 고개를 끄덕였다.

"그러자."

"둘 다 똑같은 시간 동안요. 그래야 공평하죠."

"좋아, 하지만 소피아부터 만나라."

현경은 토마스를 따라 걸었다. 토마스의 넓은 등에 시야가 가려져 다른 건 보이지 않았다. 어디서 만날지만 알려 주면 알아서 갈 수 있는데 굳이 앞에서 안내하는 이유가 뭘까?

현경의 키는 173센티미터이고 체중은 80킬로그램이었다. 클론은 대체로 보통 사람보다 체격이 컸다. 그래도 토마스보다는 작았다. 토마스는 193센티미터에 113킬로그램이었다. 그는 죽을 때까지 자기보다 크고 나이 많은 어른이리라. 바로 그 이유로 평생 가르친다는 이름하에 사사건건 간섭하며 지시할 것이다.

토마스는 학습실 문을 열었다.

"소피아를 데려올 테니 기다리렴."

학습실에는 CCTV가 있었다. 현경은 자신이 소피아와 이야기하는 모습을 토마스가 통제실에서 지켜보리라 짐작했다. 샬롯에게 반박할 준비를 시키려고 소피아부터 만나게 했을 것이다.

"현경아!"

잠시 후 소피아가 뛰어 들어와 현경을 세게 끌어안았다. 5일 만이었다.

"괜찮아?"

"토마스와 자기 전에 화상 채널로 3분간 이야기하는 게 다였어. 하루가 너무 길고 끔찍했어."

소피아가 흐느꼈다. 현경은 소피아의 어깨를 쓰다듬었다.

"물에서 아무것도 안 나왔다며? 샬롯이 날 해치려는 게 아니었어."

"무슨 소리야? 토마스는 물을 버렸어. 검사를 안 했다고!"

현경은 토마스가 소피아를 만나지 못하게 한 진짜 이유를 깨달았다.

"그게 정말이야?"

소피아는 세상이 무너진 것 같은 얼굴을 했다.

"진짜야. 분명히 버렸다고 했어."

"조사 위원회에 가면 뭐라고 할 거야?"

"사실대로, 아는 대로 말할 거야. 샬롯은 앙투완을 죽일 뻔했고 널 죽이려고 했어!"

현경이 이 말을 하려고 할 때마다 토마스는 안타까운 사고, 불의의 사고, 슬픈 사고, 뭐가 됐든 사고라는 말로 막았다. 마침내 소리 내어 말하자 목을 조르던 손이 사라진 것처럼 숨통이 트였다.

"맞아, 샬롯은 애초에 작정했던 거야. 걔가 버추얼 복싱 게임을 할 때 대진 상대 얼굴을 앙투완으로 하고, 몇 번이나 때려죽인 거 알아?"

"복싱 게임은 상대를 못 죽이잖아."

"해킹해서 히든 버전을 만들었지. 여기 앙투완이 넘어지는 것만으로도 내출혈을 일으킬 수 있다는 걸 모르는 사람 있어?"

"앙투완도 알면서 보호복을 벗었어."

"샬롯이 보호복 속에 있는 겁쟁이니 하며 자극했으니까. 걔가 겁쟁이라는 말을 얼마나 싫어하는지 알잖아."

"진짜 죽일 마음을 먹었던 거라면 왜 확실히 하지 않고 통제실로 갔을까?"

"지금 샬롯을 편드는 거야? 나한테 누명을 씌우고 수면제를 먹이려고 했는데?"

"너는 그때 왜 통제실에 갔어?"

"샬롯이나 너를 찾고 있었어. 같이 놀자고……."

"워치로 호출하면 되잖아."

"그냥 통제실에 있을지도 모른다고 생각했어. 지금 그게 중요해? 내가 가지 않았으면 앙투완은 그대로 죽었을 거야!"

소피아는 자기 이야기는 눈을 피하며 작은 목소리로 말하더니 샬롯에 대해서 말할 때는 목소리를 높였다.

"통제실에서……."

"샬롯이 앙투완을 왜 그렇게 미워했는지 조금은 이해해. 나도 그냥 모든 것에 다 화가 치밀 때가 있거든. 왜 클론으로 만들어졌는지, 왜 시아에 가야 하는지, 도대체 왜 태어났는지, 성장 캡슐에서 죽어 버렸다면 좋았을걸……."

소피아가 눈물을 흘렸다. 현경은 더 묻고 싶은 게 있었지만 입이 떨어지지 않았다.

"샬롯이 남은 평생 실험체로 살면 좋겠어. 그러다 어느 날 나쁜 마음을 먹은 사람이 약을 조절해서 죽여 버리는 거지. 근데…… 가끔 그런 상상을 하는 내가 더 무섭고 싫기도 했어. 지금은 너무 화가 나는데 막상 내일 조사 위원회에서는 뭐라고 말하면 좋을지 모르겠어. 샬롯은 뭐라고 해?"

"아직 못 만났어. 너랑 이야기 끝나면 만나러 갈 거야."

문제의 본질은 샬롯이 앙투완을 죽이거나 다치게 하려는 의도가 있었는지 없었는지였다. 고의였다면 살인 미수까지 적용될 수 있었다. 살인 미수란 작정하고 사람을 죽이려 했는데 실패했음을 말한다. 실수로 다치게 했다면 과실 치상이다. 당연히 살인 미수가 과실 치상보다 훨씬 더 큰 처벌을 받는다. 하지만 고의인지 실수인지는 타인은 알 수 없는 일이다. 그래서 당시 상황, 둘의 관계 등을 살펴 의도를 파악해야 했다.

토마스가 들어와 그만 대화를 마치는 게 좋겠다고 말했다. 소피아는 뭔가 더 할 말이 있는 얼굴로 현경을 보다 나갔다. 토마스는 소피아를 격리실에 데려다주고 돌아왔다.

"소피아가 방금 나한테 조사 위원회에서 샬롯에게 불리한 이야기는 하지 않겠다고 했단다. 샬롯을 지구로 보낸 뒤 후회하면 늦는다는 걸 안 거지."

"제가 샬롯의 이야기를 듣기도 전에 결론을 내리려 드시네요."

"왜 그렇게 모든 걸 부정적으로 생각하는지 모르겠구나. 나는 네가 잘못을 저질렀을 때도 최선을 다해 널 도왔어. 샬롯을 데려오마."

토마스는 보란 듯이 한숨을 쉬며 나갔다.

잠시 후 샬롯이 들어왔다. 며칠 새 살이 빠져 얼굴이 핼쑥했다. 샬롯은 현경과 눈도 마주치지 못하고 쭈뼛거렸다.

"와서 앉아."

현경이 말했다. 샬롯은 망설이다 의자 끝에 엉덩이를 걸쳤다.

"좀 어때?"

현경이 물었다. 샬롯은 말없이 고개를 끄덕였다. 뺨을 타고 눈물이 흘렀다.

"앙투완이 깨어나지 못하면 어떡해……."

"어쩌다 싸운 거야?"

현경은 샬롯에게 뭐라고 물을지 수없이 생각했다. 처음 떠오른 질문은 "왜 그랬어?"였다. 하지만 그건 샬롯이 고의로 앙투완을 다치게 했다고 전제할 때 할 법한 질문이었다. 토마스의 생각과 달리 현경은 샬롯이 일부러 그랬다고 100퍼센트 확신하지 않았다. 하지만 토마스는 현경에게 그 말을 할 기회를 주지 않았다.

"양양이 죽은 뒤부터 앙투완이 싫어졌어. 우리 뇌에도 양양과 같은 칩이 있었잖아. 양양이 죽고 나서야 뺐지. 양양처럼 뇌종양으로 죽을까 봐, 앙투완처럼 혈소판 감소증으로 평생 조심하며 살아야 할까 봐 겁이 났어. 그게 앙투완 탓도 아닌데 괜한 화풀이를 했던 거지. 그러다 앙투완이 보호복을 입더니 특별 대우까지 받는 게 꼴같잖아서……! 그래도 난 말만 했는데 앙투완이 날 때리는 거야! 화가 나서 '나는 널 못 때리는데 너는 날 때리니까 신나지? 내가 때려 봐야 넌 아프지도 않을 거야, 보호복이 있어 좋겠다.' 뭐 그런 말을 퍼부었어. 그러니까 앙투완이 보호복을 벗더니 계속 나를 쳤어. 하지 말라고 몇 번이나 말했는데도 내가 넘어지니까 발로 차기까지 하잖아. 난 앙투완을 때리려던 게 아니야. 그냥 그만하라면서 민 거야! 그런데 앙투완이……. 순간 토마스가 또 앙투완을 건드리면 3일간 격리실에 가둘 거라고 한 말이 떠올라 CCTV를 지우러 간 거야. 앙투완이 다친 걸 먼저 생각했어야 하는데……. 시간을 돌릴 수만 있다면 바로 치료봇을 불렀을 거야."

샬롯의 반응은 현경의 예상과 달랐다. 현경은 샬롯이 앙투완을 비난하거나 자기 잘못을 부정하려 들 줄 알았다.

현경은 한 번도 격리실에 갇힐 만큼 잘못을 저지르지 않았다. 격리실은 다른 아이들이 무사히 성장했다면 썼을 방이었다. 그 방에 혼자 갇혀 있다는 건 상상만 해도 끔찍했다.

"복싱 게임 캐릭터 얼굴을 앙투완으로 한 게 사실이야?"

"소피아가 그랬지?"

샬롯의 표정이 한순간에 사납게 변했다. 현경의 예상대로 샬롯은 자기가 소피아와 어떤 이야기를 나눴는지 다 알고 있었다.

"대전 상대를 죽일 수 있게 해킹한 건 나지만, 거기에 앙투완 얼굴을 입힌 건 소피아야! 게임도 같이 했어. 그건…… 나쁜 짓이지만…… 그냥 게임이었을 뿐이야!"

"소피아가 합성했다고?"

"그래! 소피아가 그날 왜 통제실에 갔는지 말 안 했지? 최근 동물들이 자주 아팠잖아. 그거 소피아가 멋대로 약 복용량을 늘리거

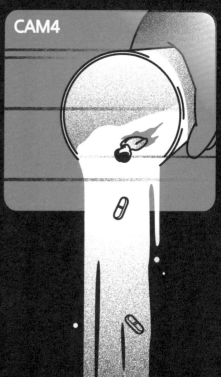

나 줄여서 그런 거야. 그러다 레미가 죽으니까 자기가 약을 먹이는 장면을 삭제하려고 왔던 거라고. 날 밀치고 CCTV를 확인하면서 자기가 찍힌 기록을 슬쩍 삭제하는 거 있지? 내가 똑똑히 봤어. 그래 놓고 자기가 한 일은 쏙 빼고 내가 한 짓만 이른다잖아!"

"앙투완이 다쳤어. 어떻게 토마스에게 말하지 않을 수가 있어?"

"그래, 그건…… 그런데……. 너는? 너는 왜 그때 통제실에 있었어?"

"레미가 죽어 있기에 동물 보호실 CCTV를 확인하러 갔었어."

"소피아 짓인 줄 짐작하고 있었지?"

"조금은……."

현경은 아까 소피아에게 이걸 확인하고 싶었다. 그런데 소피아가 먼저 눈물로 막았다.

"소피아에게 주려던 물 말인데……."

"수면제를 탔다가 버렸어! 소피아에게 준 건 깨끗한 물이야. CCTV 봤지? 내가 식당에 있던 시간은 5분 정도야. 물에 수면제 타는데 5분이나 걸리겠어?"

"토마스가 검사를 했다면 좋았을 텐데……."

"토마스는 내 말을 믿은 거야!"

"믿었다면 차라리 검사를 해서 증거를 남겼어야지. 토마스가 그 물을 버려서 오히려 일이 어렵게 됐다고!"

"토마스는 날 배려한 거야. 너도 토마스에게 배려 받은 적 있을 거 아냐."

"나는 아무도 다치게 한 적 없어."

"나도 일부러 그런 게 아니야!"

"그럼 왜 CCTV를 지웠어?"

"나도 후회하고 있어. 그걸 봤으면 너도 내 말을 믿었을 거야. 그래도 내가 먼저 놀린 건 사실이니까……. 앙투완과 소피아에게 미안하다고 말하고 싶은데 이대로 지구에 돌아가면 난 사과할 기회조차 없어."

"격리되어 있는 동안 토마스가 찾아왔어?"

"응. 하루에도 몇 번씩 오고, 화상 채널로도 이야기하면서 내가 사실대로만 말하면 네가 도와줄 거라고, 소피아도 결국에는 이해할 거라고 했어."

현경은 그간 토마스가 한 행동이 눈에 보이는 것 같았다. 샬롯은 사실상 격리되어 있지 않았다. 토마스가 자주 가서 만났으니까. 하지만 소피아는 진짜로 혼자 두었다. 소피아를 고립시켜 두렵게 해 자기 뜻대로 증언시키려 한 것이다.

"넌 소피아가 앙투완을 살펴보는 장면은 지우지 않았어."

"그냥 내가 잘못한 부분만 지운 거야. 일부러 뒤집어씌우려던 게 아니라 당황해서 아무 말이나 한 거야! 소피아는 뭐 잘한 줄 알아? 걔가 앙투완 챙긴 거 그거 다 연기야! 착한 척은 혼자 다 하려 들고……."

그때 시간이 끝났다는 알람이 울렸다. 토마스가 들어왔다.

"저 더 묻고 싶은 게 있는데……."

"네가 같은 시간만 쓰겠다고 말했다."

토마스가 말했다. 현경은 자기가 한 말이라 따를 수밖에 없었다. 한편으로 토마스가 샬롯의 말을 막으려 한다는 의심이 들었다. 자기가 모르는 무언가가 더 있는 것 같았다.

"조금 전에 페가수스 조사 위원회에서 연락을 받았다. 지금부터 나는 너희들과 접촉하지 말라는구나. 유일한 어른으로서 내 의견에 너희가 휘둘려서는 안 된다는 거지. 나도 동의해. 나는 이 시간부터 내 방에만 있을 거란다. 부디 네가 현명한 결정을 내리길 바란다."

토마스는 마치 객관성을 유지하고 있는 듯 말했지만 현경은 그가 말한 '현명한 결정'이 무엇인지 알고 있었다. 심지어 토마스는 이 말을 샬롯이 듣는 자리에서 했다. 샬롯이 간절한 얼굴로 현경을 바라보았다.

현경은 방으로 돌아왔다.

'개가 앙투완 챙긴 거 그거 다 연기야!'

'착한 척은 혼자 다 하려 들고…….'

설마……! 사람들은 고립된 상황에서 스트레스를 받으면 무리 중 약한 이를 희생양으로 만들어 괴롭히는 경향이 있다. 현경은 앙투완이 놀이실에 있을 때마다 찾아오는 샬롯이 신기했다. 혹시 소피아가 앙투완과 있을 때 일부러 샬롯을 부른 걸까? 이제껏 둘이 짜고 앙투완을 놀리고 있었단 말인가?

하지만 소피아는 앙투완을 대놓고 조롱하거나 밀지 않았다. 어쨌든 그건 샬롯이 한 짓이었다.

페가수스 우주 정거장 도착 당일

파인딩 시아는 예정된 시간에 페가수스 우주 정거장에 도착했다. 현경의 개인실에 여자 어른이 들어왔다. 현경은 토마스 외에 다른 어른은 본 적이 없었다. 당연히 여자 어른은 처음이었다. 심지어 키도 165센티미터 정도로 자기보다 작았다.

"안녕, 네가 현경이지?"

"네."

현경이 긴장해 대답했다.

"내 이름은 쉐나즈야. 내 엄마도 한국인이야. 아빠는 인도인이고."

쉐나즈가 아무렇지도 않게 말한 엄마, 아빠, 한국인이라는 말은 현경에게 위화감을 불러일으켰다. 언젠가 잠결에 자기 개인실인 줄 알고 샬롯의 개인실에 들어갔을 때처럼 말이다.

"제 이름은 외모가 동양적이라 지어진 거예요. 저는 제 생물학적 부모가 어느 나라 사람인지 몰라요."

"아, 미안, 내가 생각을 못했네. 클론을 맡는 건 처음이거든."

"괜찮아요."

쉐나즈는 친밀감을 형성하려고 애써 현경과 공통점을 찾았다. 방향은 헛짚었지만 의도는 전해져서 현경은 낯선 어른에 대한 긴장감이 조금 가셨다.

"나는 상담사야. 네 이야기를 들어 주고 돌보는 사람이란다."

"네."

"넌 조사 위원회 위원들과 나 외에 다른 사람은 만나지 못해. 최대한 객관적이고 공정하게 사건을 조사하기 위해서지. 조사를 받으며 어려운 점이 있다면 뭐든 말하렴. 네가 미성년자라 조사 위원회에도 내가 같이 갈 거야. 질문이 어렵거나 계속하기 힘들면 날 보면 돼. 지나치다 싶으면 중지시킬게."

"네."

현경은 자기 삶에서 새로운 사람을 만나게 될 줄 몰랐다. 쉐나즈는 현경을 페가수스 우주 정거장에서 마련한 방으로 안내해 주었다. 파인딩 시아의 개인실과 비슷했고 외부와 통신은 되지 않지만 텔레비전, 책 등은 볼 수 있었다. 단, 뉴스 채널은 나오지 않았다. 이 사건이 보도되었기 때문이라고 했다.

현경은 샬롯에 대한 자기 의견을 적어서 냈다. 이걸 진술서라고 불렀다.

다음 날 조사 위원회가 열렸다. 조사 위원회 위원은 모두 세 명으로 이름은 클레어, 아야카, 안드레이였다. 셋은 나란히, 현경은 맞은편에 혼자, 쉐나즈는 현경이 고개만 살짝 돌리면 보이는 곳에 앉았다.

"사건에 대해 아는 대로 말해 보겠니?"

클레어가 물었다. 현경은 진술서에 쓴 내용대로 대답했다.

"앙투완과 샬롯의 사이는 어땠지?"

"좋지 않았어요. 샬롯이 종종 괴롭혔거든요."

"혹시 앙투완이 샬롯이 죽어 버렸으면 좋겠다거나, 죽이고 싶다는 말을 하는 걸 들은 적 있니?"

현경은 예상치 못한 질문에 당황했다.

"네. 하지만 그건 그냥 홧김에 한 말이었어요. 샬롯이 너무 괴롭혀서요."

"샬롯이 앙투완을 많이 괴롭혔어?"

"네! 수시로 겁쟁이니 약골이니 성가시니 하는 말을 해댔어요. 계단을 걸어가는데 깜짝 놀라게 한 적도 있어요. 하마터면 넘어질 뻔했죠. 앙투완은 넘어지면 큰일 나는데도요."

"그런 일이 있었구나."

"그런데 왜 앙투완에 대해서만 물으시죠?"

"샬롯에게 타박상이 있었단다."

"그런……."

"앙투완이 샬롯에게 물건을 던진 적 있니?"

"네……."

"너는 앙투완하고 사이가 어땠니?"

"저는…… 잘 대해 주려고 노력했어요."

현경은 어떤 질문이든 사실대로 답변할 테고 그럴 수 있으리라 믿으며 이 자리에 왔다. 이렇게 대답하기 힘든 질문들이 이어질 줄 몰랐다.

"노력했다는 게 무슨 뜻이지?"

현경은 문득 떠오르는 장면이 있었다.

못됐어! 샬롯이 소피아를 보며 깔깔 웃었다. 아이들은 종종 쥐들을 미로에 넣고 각종 장애물을 만들어 문제 해결 능력을 시험했다. 소피아는 쥐들이 잘 가고 있으면 갑자기 앞에 새로운 장애물을 추가했다. '너무 쉽게 가도 재미없잖아.'라며 소피아는 눈을 반짝거렸다.

현경은 눈앞에 있는 어른들에게 소리치고 싶었다. 불공평해요! 이런 이야기까지 해야 한다고 말하지 않았잖아요.

"앙투완과 같이 있는 게 쉽지는 않았어요."

현경이 대답했다.

"어떤 면에서 쉽지 않았지?"

"늘 아프다고 불평하고 샬롯에 대해…… 험한 말을 했거든요."

"샬롯과 네 사이는 어땠지?"

"나쁘지 않았어요. 샬롯은 앙투완을 괴롭힐 때가 아니면 괜찮았거든요."

"샬롯이 앙투완을 일부러 다치게 했다고 생각하니?"

"샬롯이나 소피아와 충분히 이야기하지 못했어요. 제가 샬롯에게 불리한 증언을 할까 봐 토마스가 막았거든요. 토마스는 늘 샬롯을 예뻐했어요."

"토마스가 샬롯을 편애했니?"

"네. 저는 질문이 많다고 싫어했어요."

"토마스는 네가 샬롯에 대해 적대적이고, 앙투완과 소피아의 입장에만 섰다고 하더구나."

"그렇지 않아요! 저는 사건을 객관적으로 보고 싶었어요. 그런데 토마스가 샬롯이 일부러 그런 게 아니라고 증언하라며 절 몰아붙였어요."

앞에 앉은 셋의 표정이 심각해졌다.

"그렇게 증언해야 한다고 말했어?"

아야카가 물었다.

"샬롯의 입장에서도 생각해 봐 달라고 말했어요.

"샬롯에게 유리하게 증언해야 한다고 말한 건 아니고?"

"네, 그냥 생각해 보라고만……. 하지만 앙투완이나 소피아 입장에서도 생각해 보라는 말은 하지 않았어요!"

"너는 진술서에 샬롯이 일부러 앙투완을 다치게 했을 가능성이

높다고 썼단다. 혹시 토마스에 대한 반감으로 그렇게 쓴 거니?"

현경은 선뜻 아니라는 말이 나오지 않았다. 그렇다고 맞는 것 같지도 않았다. 자기 마음도 정확히 모르겠는데 타인의 마음을 어떻게 알지?

샬롯은 앙투완이 먼저 때려 얼결에 밀었다고 말했다. 그게 사실이라면? 만에 하나라도 실수로 그랬을 가능성이 있다면 고의로 그랬다고 말해서는 안 되는 걸까?

여덟 개의 눈동자가 현경만 바라보고 있었다. 현경의 입안이 바짝 말라 갔다. 자기는 당시 현장에 있지도 않았는데 벌을 받는 기분이었다.

"우린 한 번 더 만나게 될 거야. 그때는 확실히 대답해야 해. 진술서보다 이 자리에서 말하는 게 네 최종 대답이라는 건 알지?"

클레어가 말했다.

"네."

현경은 이제 끝난 줄 알고 안도했다.

"혹시 자해를 한 적 있니?"

안드레이가 물었다. 현경의 얼굴에서 핏기가 가셨다.

"전 아무도 해치지 않았어요."

현경이 속삭이듯 말했다.

"넌 너 자신도 해쳐서는 안 된단다. 토마스도 그렇게 알려 줬다고 했는데 사실이니?"

현경은 토마스에 대해 이전과는 비교할 수 없는 커다란 배신감을 느꼈다. 그 이야기를 해? 비밀로 해 주겠다고 약속했잖아!

"널 야단치려는 게 아니야. 우리 중 한 명은 클론 찬성론자고 한 명은 반대론자, 한 명은 명확한 찬반을 결정하지 않은 중립이지. 네가 자해를 했는지 물어본 건 고속 성장이 너희에게 미친 영향을 알기 위해서란다. 우리는 샬롯과 앙투완 사이에 생긴 일만이 아니라 너희를 시아에 보내는 게 적절한 일인지도 논의할……."

"그럼 우린 지구로 돌아가게 되나요? 그래서 지구에서 평생 갇혀서 실험을 당하게 되나요?"

셋은 잠시 눈짓을 주고받았다. 아야카가 자기가 대답하겠다는 듯 가볍게 턱을 끄덕이고는 말했다.

"실험체로 살아간다는 건 지나친 표현 같구나. 너희들의 몸과 마음의 건강 상태를 확인하고 우주에서 자라는 게 악영향을 미치지는 않았는지 살피려는 거야."

"왜 자해를 했니?"

안드레이가 물었다.

"그 이야기는 하고 싶지 않아요!"

현경은 간절한 얼굴로 쉐나즈를 보았다.

"저도 아직 그 이야기는 하지 못했어요. 그 부분은 다음에 하시죠."

쉐나즈가 말했다. 쉐나즈도 알고 있었다. 어떻게 그렇게 감쪽같이 모른 척하고 있을 수가 있었지? 복도인 줄 알고 걷다가 내려가는 계단에 발을 디딘 것처럼 아찔했다. 금방이라도 균형을 잃고 쓰러져 모서리마다 부딪치며 끝이 없는 아래로 떨어질 것 같았다. 이 자리에 어른이 넷이나 있는데도 모두 휘청거리는 현경을 지켜볼 뿐, 잡아 주지 않았다.

"두 시간이 되었습니다. 이제 끝내야 해요."

쉐나즈가 말했다.

현경은 방으로 돌아와 침대에 엎드렸다. 심장이 쿵쿵쿵 침대를 내리쳤다.

"현경아."

스마트워치가 깜빡였다. 소피아였다.

"어떻게 연락한 거야? 우린 접속이 차단됐잖아."

현경이 물었다.

"해킹했지. 뭐라고 했어? 네가 마지막이었거든."

현경은 연락하지 말라는 규칙을 어기고 싶지 않았지만 가슴이 너무 답답해서 말을 하지 않을 수 없었다.

"넌 어땠어?"

"안드레이 완전 짜증 나. 나한테 CCTV 화면에서 진짜 샬롯이 앙투완을 죽이려 드는 걸 봤는지, 나한테 수면제를 먹이려고 했다고 생각해서 화가 나서 그렇게 말하는 건지 물어보는 거 있지? 클론 반대론자라서 그런가. 날 싫어하는 것 같았어."

"안드레이가 반대론자야?"

"클레이가 찬성, 아야카가 중립이잖아. 설마 뉴스 안 보고 있었어? 다 첫날에 해킹했는데……. 그럼 앙투완이 페가수스에 도착하기 이틀 전에 깨어났다는 것도 모르겠네? 앙투완은 조사 위원회에서 샬롯이 자기를 일부러 민 게 아니라고 했대. 샬롯이 사과하면 화해하고 싶다고 하더라."

현경은 이를 악물고 토마스의 이름을 읊조렸다. 토마스가 앙투완이 깨어났다고 알려 주지 않은 이유는 뻔했다. 맞은 데를 또 맞은 기분이었다.

"앙투완도 초대해 줄래?"

현경이 말했다. 곧바로 앙투완이 들어왔다.

"샬롯과 화해할 거야?"

현경이 물었다.

"난 샬롯이 먼저 때린 줄 알았거든. 그런데 토마스가 내가 먼저 쳤다며 기억은 왜곡될 수 있다고 했어. 특히 그렇게 흥분하고 화난 상황에서는 자기에게 유리한 쪽으로 기억하게 된다나? 현경아, 샬롯이 날 일부러 밀었다고 하지 마. 넌 아무것도 못 봤잖아. 소피아는 자꾸 샬롯이 애초에 날 다치게 하거나 심지어 죽일 마음까지 있었다는 거야. 당사자인 내가 괜찮다는데도!"

"너만 당사자야? 샬롯이 나도 죽이려고 들었던 거 몰라?"

"샬롯이 고의로 그랬다고 결론이 나면 토마스는 우리의 보호자 자격을 잃을 거야. 난 토마스와 헤어지고 싶지 않아."

현경은 해킹할 생각을 하지 못한 자기가 한심해졌다. 토마스의 보호자 자격까지 문제가 된 줄 몰랐다. 물론 토마스가 평생 자기 보호자가 된다는 생각에 숨이 막혔던 적도 있지만, 그가 진짜 사라질지도 모르는 상황이 오니 두려워졌다. 그는 현경이 평생토록 알아 온 유일한 어른이었다.

"날 죽이려던 애랑 어떻게 화해를 해? 그냥 물이었으면 토마스가 왜 버렸겠어? 수면제 성분이 나와서 버리고 거짓말하는 거야."

"토마스는 우리를 보호하려는 거야."

"어떻게 샬롯을 용서할 생각을 해?"

"샬롯이 미안하다고 몇 번이나 사과했어."

현경은 말없이 앙투완과 소피아가 대화하는 모습을 바라보았다. 다친 아이가 괜찮다고 말하면 벌을 주지 않아도 되는 걸까?

"난 더 이상 토마스를 믿을 수가 없어. 자기도 클론이었다는 사실을 말하지 않았잖아!"

소피아가 말했다.

토마스가…… 클론이었다고?

"같은 클론이라 우리를 진정으로 이해하는 거야. 이미 존재하는 클론에 대해 타인이 찬성이니, 반대니, 중립이니 따지는 게 우스운 일이라며, 시아에서 우리 힘으로 살아가는 게 가장 좋은 일이라고 믿었대. 그걸 위해 지구에서 쌓아올린 모든 걸 버리고 파인딩 시아에 탄 거야."

"지구에 있으면 뭘 하든 불편한 주목을 받아야 했겠지. 클론이니까. 재채기만 해도 격리실에서 지내며 검사를 받아야 했고. 그게 싫었던 거야. 토마스는 보통 사람들이 없는 곳에서 어린아이들을 데리고 왕 노릇을 하려고 파인딩 시아에 탄 거야."

"뉴스에서 나온 말 그대로 따라 하는 거잖아!"

"현경아, 너도 뉴스 해킹해서 직접 찾아봐. 토마스가 지구에서 뭘 했고 어떤 사람이었는지 다 나와. 그리고 우리 시아에 못 가. 생물학적으로 성인이 된 후에 결정하도록 했대. 성인이 되어도 탐사원으로서 자격 시험을 통과해야 갈 수 있어. 애초에 우리를 외계 행성 탐사 목적으로 만들고 키운 것부터가 잘못이래."

소피아가 현경이 아무것도 모르는 걸 눈치채고 설명했다.

"난 시아에 가기 위해 태어났는데 왜 이제 와서 못 가게 하는 거야? 다음 번 조사 위원회에서는 토마스에 대한 질문도 받게 될 거야. 제발 토마스에 대해 좋게 말해 줘. 토마스는 내가 아파서 힘들다고 이야기할 때마다 들어 줬어. 한 번도 싫은 얼굴 한 적 없단 말이야! 난 어른이 되어도 시아에 못 갈 거야. 탐사원은 건강해야 하니까. 그런데 토마스마저 없으면 어떡해?"

현경은 앙투완의 징징거리는 목소리가 바로 옆에서 들리는 듯 했다. 피곤해졌다.

"샬롯이랑 이야기 좀 해 볼게. 해킹 어떻게 했어?"

소피아가 바로 앱을 하나 보내 주었다. 현경은 앱을 깔고 샬롯에게 말을 걸었다.

"우리 만났을 때 너도 다쳤다는 이야기는 왜 안 했어?"

"앙투완이 때리고 발로 찼다고 했잖아."

현경은 앙투완이 그 정도로 세게 칠 수 있을 줄 몰랐다. 설마 토마스가 앙투완의 상태를 과장했던 걸까?

"앙투완이 먼저 때려서 미안하대. 우린 화해했어."

샬롯이 그럼 된 게 아니냐는 듯 말했다. 현경은 아무 말도 하지 못했다.

양양과의 마지막 통신

현경이 영화를 보는데 양양에게 연락이 왔다. 현경은 영화를 끄고 급히 침대에 누웠다. 양양의 홀로그램이 떴다.

"자고 있었어?"

"응, 오늘 따라 일찍 졸려서⋯⋯. 몸은 좀 어때? 많이 아파?"

"아니, 괜찮아. 자는데 깨워서 미안해."

"왜 무슨 일 있어?"

"없어."

"그래도 이 시간에 연락을 한 건⋯⋯."

"정말 별 일 아니야. 그냥 시아는 어떤 곳일지, 도착하면 어떤 기분일지 이야기하고 싶었어. 힘들 때마다 연락 받아 주고 친구가 되어 줘서 고마웠어. 잘 자, 현경아."

양양이 미소 지었다. 현경은 홀로그램이 사라지자 자리로 돌아가 다시 영화를 틀었다. 죄책감이 느껴졌지만 내일 찾아가면 되리라 생각했다. 응급 상황이면 호출이 울릴 것이다.

다음 날 아침 토마스가 양양이 새벽에 죽었다고 말했다.

"호출을 못 받았어요!"

소피아가 외쳤다.

"너희를 힘들게 하고 싶지 않아서 꺼뒀단다."

샬롯이 제일 먼저 울기 시작했다. 이어 소피아, 앙투완도 소리 내어 울었다. 하지만 현경은 울지 못했다. 울 수 없었다.

'친구가 되어 줘서 고마웠어.'

양양은 과거형으로 말했다. 자기가 곧 죽으리라는 걸 알았다.

"이래서 내가 너희를 분리시켜 키웠는데……."

토마스가 깊은 한숨을 쉬었다.

어떻게 저런 말을 할 수가 있지? 그럼 양양은? 다른 클론들은? 현경은 다른 아이들의 정보를 찾아봤다. 성장 캡슐에서 자라다 누구와도 닿지 못한 채 죽은 아이들…….

현경은 따지지 못했다. 따질 자격이 없었다. 현경은 분명 양양이 뭔가 더 할 말이 있음을 느꼈다. 그런데 고작 영화를 보려고 모른 척했다.

놀이실에서 여러 가지 색깔과 길이의 머리카락을 발견했을 때가 떠올랐다. 얘는 누굴까? 나처럼 검은 머리인데 나보다 기네? 언제 만나게 될까?

정말로 양양을 아예 몰랐다면 더 나았을까? 손가락이 다섯 개였다가 하나를 잃은 것보다는 애초에 손가락 네 개로 살아가는 게 덜 슬픈 일일까?

현경은 밤마다 자기 손가락과 발가락을 세었다. 각기 다섯 개다. 이중 하나가 영원히 사라진다……. 현경은 손가락을 살짝 깨물었다. 아팠다. 죽을 만큼 아프다는 건 어떤 걸까? 얼만큼 아파야 죽는 걸까? 다른 아이들도 죽을 때 아팠을까?

현경은 도구함에서 송곳을 찾았다. 손가락 끝을 살짝 찔렀다. 핏방울이 둥글게 맺혔다.

현경의 마지막 진술

현경은 쉐나즈의 상담실로 향했다. 오늘 어떤 질문을 받을지 예상했는데도 답을 준비하지 못했다. 시험 범위는 전달 받았지만 공부할 교과서는 없었던 터라 백지밖에 낼 수 없다는 걸 알면서도 시험장에 들어서는 기분이었다.

"어서 오렴."

쉐나즈가 상냥하게 웃으며 맞이했다. 쉐나즈는 좋은 사람이었다. 자기만이 아니라 다른 아이들에게도 진심 어린 마음으로 대할 것이다. 그렇게 교육받고, 그게 체질에 맞아 상담사라는 직업을 가진 사람이었다.

"왜 자해를 했는지 들려줄 수 있겠니?"

쉐나즈가 뭐든지 다 들어 주겠다는 얼굴로 물었다. 현경은 눈을 내리깔았다. 쉐나즈가 어떤 얼굴과 목소리로 무슨 말을 하든 그녀가 지금 상담사라는 사실은 변하지 않았다. 상담사가 쉐나즈의 전부는 아닐 테지만, 현경이 닿을 수 있는 건 상담사로서의 면모뿐이었다. 하지만 현경 자신도 모르는 이유에 대한 답을 찾으려면 그 이상이 필요했다. 생물학적 부모라면 달랐을까?

"잠이 오지 않았어요."

현경이 대답했다. 어느 순간부터 피를 봐야 잠이 왔다.

처음에는 손가락 끝처럼 금방 나아 눈에 띄지 않는 곳을 찔렀다. 그러다 팔뚝 안쪽을 송곳으로 그었다. 안쪽이라 눈에 띄지 않을 테고 혹시 들켜도 사고라고 우길 수 있을 줄 알았다. 그런데 의료봇이 정기 건강 검사 때 발견했다. 토마스가 현경을 불러 어쩌다 다쳤는지 자세히 캐묻자 팔뚝 안쪽에 긁힌 상처가 생길 만한 일을 꾸며 내기 어려웠다.

"왜 잠이 오지 않았을까?"

쉐나즈가 물었다.

"토마스가 양양처럼 죽어 버리면 어떡하지? 탐사선이 고장 나고 아무도 우리를 구하러 오지 못하면? 시아에 갔는데 거기가 살기 끔찍한 곳이면? 다른 아이들이 다 죽고 나 혼자 남으면? 이런 생각들이 머리를 떠나지 않았어요. 그 생각과 몸을 아프게 하는 것 사이에 어떤 연관이 있었는지는 모르겠어요."

현경이 쉐나즈의 표정을 보니 그게 다라고 생각하지 않는 눈치였다. 그럴지도 몰랐다. 하지만 더는 이유를 생각해 낼 수 없었다.

"꺼내기 쉽지 않은 이야기였을 텐데 해 줘서 고마워. 다음 시간에 더 이야기할 수 있을까?"

"네."

현경은 조사 위원회에서 아야카에게 같은 질문을 받았고 같은 대답을 했다.

"토마스가 여자애는 예민하다거나 감정적이라고 하는 말이 듣기 싫어서, 이성적으로 행동해야 한다는 압박을 받았니?"

클레어가 물었다.

"그렇지 않아요."

현경이 대답했다. 자기가 듣기에도 자신 없는 목소리였다.

"토마스가 계속 네 보호자였으면 좋겠니?"

"아니요."

현경은 이 질문이 나오리라는 걸 알고 있었기에 바로 대답했다. 세 위원의 표정이 미세하게 변하더니 자기들끼리 잠시 이야기를 나누었다.

"혹시 다른 아이들하고 연락을 하니?"

안드레이가 물었다. 들켰다. 현경은 순간 거짓말을 할까 했다. 하지만 현경은 본디 거짓말을 싫어했다.

"네."

자기 때문에 들킨 건 아닐 것이다. 다른 애들 답에서도 무언가 이상한 기운을 감지했었으리라.

"어떻게?"

"우리 뇌에는 뇌종양, 조울증 따위의 부작용을 일으킬 수 있지만 전문가 수준의 지식을 빠르게 습득시키는 칩이 있었으니까요."

현경은 당황한 얼굴로 자기를 보는 네 명을 보며 덧붙였다.

"해킹했죠."

"그럼 뉴스도 봤니?"

"아니요."

"스마트워치는 해킹했으면서 뉴스는 안 봤다고?"

"뉴스 보면 안 된다고 하셨잖아요."

현경은 정말로 뉴스를 보지 않았다. 어른들은 믿지 않는 눈치였다. 금지된 연락을 했으니 금지된 뉴스도 봤으리라 생각하는 모양이었다.

"정말 안 봤어요."

현경은 자기 말이 자꾸 거짓말처럼 들려 화가 났다.

"왜 토마스가 네 보호자가 아니길 바라니?"

안드레이가 물었다.

"더 이상 같이 있고 싶지 않아요."

"샬롯이 앙투완을 해치려고 일부러 심한 말을 해서 보호복을 벗게 했다고 생각하니?"

아야카가 물었다. 이제 대답을 해야 할 때였다. 자기가 그렇다고 대답하면 아야카가 클론은 위험하다고 여겨 중립에서 반대로 기울까? 찬성이었던 사람도 반대로 마음이 바뀔 수 있을까?

조사 위원회가 끝나고 며칠 뒤 현경은 쉐나즈의 사무실로 향했다. 쉐나즈가 다른 아이들도 올 거라고 말했다. 근 한 달 만에 직접 만나는 자리라 그런지 괜히 긴장이 되었다. 사무실 문을 여니 소피아와 샬롯이 먼저 와 앉아 있었다. 현경의 뒤를 이어 앙투완이 들어왔다.

"이 배신자!"

앙투완이 샬롯을 보자마자 외쳤다. 하지만 샬롯은 앙투완을 무시하며 소피아에게 말했다.

"고마워."

"고마울 게 뭐가 있어? 소피아는 네가 자기에게 수면제를 먹이려 했고, 날 일부러 밀었다고 했는걸. 나한테만 고마워하면 돼."

앙투완이 말했다.

"아니거든? 고의로 했다는 확신이 없고, 수면제 안 탔다는 말도 믿는다고 했거든?"

소피아가 반박했다.

"근데 왜 그렇게 화가 난 얼굴이야?"

"타려고 했던 건 사실이잖아!"

"애초에 물에 탄 적 없어! 현경이가 내가 수면제를 가지고 나오는 것도, 물컵을 주는 것도 봤으니 물에 탔다가 버렸다고 말하는 게 더 그럴싸할 거라고 토마스가 말했어. 이건 진짜야!"

샬롯이 눈물로 범벅이 된 얼굴로 끼어들었다.

조사 위원회의 최종 결정은 샬롯에게 고의였다는 증거가 없으므로 바람직한 친구 관계와 분노 조절 과정을 이수하라는 것으로 마무리되었다. 샬롯은 흐느끼며 앙투완에게 사과했고 앙투완은 사과를 받아들인다는 의미로 샬롯을 끌어안았다. 현경은 이 장면을 뉴스에서 봤다. 뉴스 금지가 풀렸기 때문이었다.

토마스도 따로 조사를 받았는데 혼자 십대 아이들 넷을 돌보는 과정에서 지침과 양심에 따라 최선을 다했다는 걸 인정받았다. 그래서 토마스의 보호를 거부한 현경과 샬롯을 제외하고 소피아와 앙투완은 성인이 될 때까지 토마스의 보살핌을 받게 되었다.

다행이라면 페가수스 우주정거장에서 아이들이 그곳에 머무는 걸 허락했다는 점이었다. 지구로 돌아가면 어떻게 포장해도 실험체로 살아야 한다는 점을 고려한 것이다.

"토마스를 못 믿겠다고 하지 않았어?"

현경이 소피아에게 물었다.

"다른 사람이 더 나을지 확신이 없더라고."

소피아는 잠시 망설이다 덧붙였다.

"네가 토마스랑 맞지 않았다는 거 알아. 그래도 아주 나쁜 사람은 아니야."

"토마스만 한 사람이 어딨겠어?"

앙투완은 토마스가 자기 보호자라는 사실에 기뻐하며 현경, 특히 샬롯에게 적대적으로 굴었다.

"네가 죄가 없다는 걸 입증하려 토마스가 얼마나 애썼는데! 나한테 널 용서하라고 수없이 말했어! 그런데 어떻게 토마스를 거부할 수가 있어?"

"그거랑 이건 별개의 문제지!"

샬롯이 반박했다.

"이게 어떻게 별개의 문제야?"

"둘 다 그만 좀 해! 이제 다 끝났잖아."

소피아가 지겨운 얼굴로 말렸다.

"왜 토마스를 따라가지 않은 거야?"

현경이 물었다. 현경은 소피아가 샬롯을 옹호하고 토마스를 택한 것보다 샬롯이 토마스를 거부한 게 더 놀라웠다.

"토마스에게 잘 보이려고 기를 썼던 과거의 내가 이상하고 낯설어. 토마스는 스스로 우리 보호자가 되기로 결정했지만 우린 우리를 위한 어른을 선택할 수 없었어. 하지만 이젠 그럴 수 있잖아. 나는 내 보호자가 되기를 바라는 어른들을 만날 거고 서로 마음이 맞는 사람과 살 거야."

샬롯이 대답했다.

"은혜도 모르고! 토마스가 아니었으면 절대 너랑 화해 안 했어!

그럼 넌 지구에 끌려갔을 텐데……."

"네가 먼저 때렸잖아?"

샬롯과 앙투완은 뉴스에 나온 모습과 달리 서로를 잡아먹을 듯 으르렁댔다. 파인딩 시아에서 토마스 앞에서만 잘 지내는 척하고 식당에서는 싸웠듯 말이다.

"소원대로 토마스랑 지내게 됐으니 된 거 아냐?"

샬롯이 쏘아붙였다.

현경은 앙투완이 토마스와 함께 지내는 게 걱정스러웠다. 토마스는 앙투완을 의존적으로 만들었다. 현경은 조사 위원회에서 그 부분에 대해 말할지 말지 고민하다 결국 하지 않았다. 토마스가 사실은 자기 좋을 대로 하면서 너희를 위해서라고 포장했듯 자기가 대신 결정하게 만드는 행위인지 염려스러웠기 때문이었다.

모두 끝난 일이야. 현경은 속으로 중얼거렸다. 애초에 어떤 결과가 나오든 자기가 만족하지 못하리라는 건 알고 있었다. 샬롯이 잘못에 대한 대가를 치르기 바란 만큼이나 지구에서 실험체로 살기 바라지 않았다.

쉐나즈가 들어와 이제 그만 일어날 시간이라고 말했다. 샬롯은 벌로 받은 교육을 이수하러, 소피아와 앙투완은 토마스에게, 현경은 보호소에 있는 자기 방을 향해 움직였다. 현경은 문득 고개를 돌려 멀어지는 세 아이의 뒷모습을 보았다.

다시는 예전으로 돌아갈 수 없으리라.

샬롯은 현경이 자기에 대해 유죄라 대답했음을 안다. 현경은 토마스를 계속 보호자로 받아들이는 것도 샬롯에게 유리한 증언을 하는 것도 거부했다. 샬롯은 다시는 자기를 보지 않으려 할 테고, 토마스 또한 앙투완과 소피아가 앞으로 자신을 만나지 못하게 할 것이다.

페가수스 우주정거장에도 클론이 있지만 클론이 클론의 보호자가 되는 건 기각당했다. 보통 사람이 클론을 이해할 수 있을까?

현경은 모두 어른인 세계에서 혼자 어린아이로 완전히 새로운 삶을 살아가야 했다. 적어도 토마스의 말 중 하나는 맞았다. 샬롯을 저버리면 혼자가 될 거라는 말 말이다.

"과거를 잃은 게 아니라 선택할 수 있는 다른 미래가 생긴 거야. 내가 도와줄게."

쉐나즈가 말했다.

"외계 행성 탐사원 과정을 이수하고 싶어요."

현경이 대답했다.

"꼭 시아에 가야 하는 건 아니야."

"제가 가고 싶어요. 시아는 어떤 곳일지, 도착하면 어떤 기분일지 궁금하거든요."

"탐사원 교육 과정을 알아봐 주마. 하지만 당장 네 미래를 확정 짓지 않았으면 좋겠어. 다른 과정도 알아보렴. 자료를 보내 줄게."

현경은 쉐나즈의 표정이 낯익었다. 토마스가 종종 보인, 너희는 아직 어려서 모르는 걸 나는 알고 있다는 바로 그 표정이었다.

"네, 고맙습니다. 읽어 볼게요."

현경이 대답했다. 쉐나즈는 착한 아이라는 듯 미소를 지었다.

김이환

친구와 싸우지 맙시다

평소에도 다혈질인 리나가 그날따라 유난히 더 화가 나 있어서 집을 관리하는 인공지능 나나는 초조한 마음으로 리나를 지켜보았다. 학교에서 일찍 돌아온 리나는 계속 화를 내며 집 안을 돌아다녔다. 나나의 연락을 받고 엄마가 집으로 전화를 걸었고, 나나가 전화를 연결했다. 홀로그램으로 거실에 나타난 엄마는 소파에 앉아 계속 투덜대는 리나에게 말했다.

"친구하고 싸우지 말라고 했잖니. 모임에서 쫓겨났어도 어쩔 수 없어. 싸운 네가 잘못이야. 우리 도시에서는 로봇도 인간도 인공지능도 서로 싸우면 안 된다는 거 너도 잘 알잖아."

"하지만 걔가 계속 짜증 나게 하는 걸 어떡해."

"그래도……."

"나도 알아! 내가 '싸우지 않는 도시'에 산다는 거. 하지만 서클 멤버들이 계속 내가 보고 싶다는 영화는 싫어하잖아. 자기들 보고 싶은 영화만 보고. 좋게 말해도 듣지 않았다고. 그러면 싸워서 해결해야지 다른 방법이 없잖아."

"애초에 왜 화를 내? 서클 활동이 뭐 그리 중요한 일이라고 얼굴 붉히고 화를 냈어? 나나에게 점심 차려 달라고 해서 밥 먹고 집에서 쉬어. 엄마는 바빠서 이만 전화 끊는다."

"그냥 취미로 하는 게 아니라 나한테는 중요한 일이라고."

엄마가 리나의 말을 더 듣지 않고 접속을 끊자 홀로그램도 사라졌다. 집에 혼자 남은 리나는 소파에 앉아 계속 투덜댔다.

"영화가 그냥 취미라니, 엄마는 절대 이해 못 해. 친구들도 이해 못 하고 누구도 내 마음을 이해 못 해."

"리나?"

"왜!"

짜증이 나 있던 리나는 나나가 갑자기 말을 걸자 꽥 소리쳤다. 리나가 홀로그램이 보이는 안경을 쓰고 있었는데도 나나는 모습을 드러내지 않고 말을 걸었다. 리나가 기분이 좋지 않을 때는 그렇게 했다.

"평소보다 일찍 돌아왔으니까 식사부터 해야지."

"나 밥 먹을 기분 아니야. 그리고 좀 있다가 영화 보러 갈 거니까 갔다 와서 먹을래."

"밥을 먹어야 힘을 내서 영화도 보지. 지금 먹을 기운이 안 나면 메뉴라도 정해 보겠어? 테이블 위에 올려놓을게."

그제야 나나는 부엌에 나타나 식탁 위에 홀로그램으로 여러 요리를 늘어놓았다.

"맛있어 보이는 걸 골라 봐. 나는 네가 탄수화물도 단백질도 더 섭취했으면 좋겠는데 어때? 어머니도 그렇게 말씀하셨어. 여름 방학하고 제대로 먹지 않아서 말랐어. 체중을 늘려야 해."

관심 없었던 리나는 제대로 보지도 않았고 아무거나 달라고 대답했다. 테이블 위의 다른 메뉴가 사라지고 향신료를 넣은 닭고기 배양육 요리만 남았다.

"입맛이 별로 없는 것 같으니까 식욕을 돋울 만한 향이 강한 메뉴를 골랐어. 대신 양은 적게 준비할게. 분명 맛있을 거야. 몸에도 좋고."

"흥."

리나는 스마트워치로 정보를 검색하기 시작했다. 잠시 지켜보다가 나나가 말했다.

"손가락으로 검색하면 힘들지 않아? 직접 말해 줘. 찾고 싶은 정보는 내가 다 찾아 줄 수 있어."

"싫어. 내가 알아서 할 거야."

나나는 리나의 눈치를 보다가 슬쩍 말을 걸었다.

"그런데 왜 싸운 거야?"

"응?"

"학교 서클 멤버와 싸웠다고 했잖아. 누구하고 싸웠어?"

"안나."

"안나라면 그 집에서 일하는 인공지능과 대화한 적 있어. 매튜라는 이름의 인공지능이야. 친절하고 쾌활한 성격이었어. 리나 네가 서클 활동을 할 때, 서클 학생들의 집에서 일하는 인공지능들과 기다리면서 이야기를 나누었지."

"안나는 영화에 대해서 아무것도 몰라. 내가 좋아하는 작품을 같이 보자고 말했는데 슈퍼히어로 영화는 유치해서 싫고, 게다가 옛날 영화는 특수 효과가 조잡하다잖아. 자기가 뭘 안다고. 그래서 싸우다가 홧김에 서클에서도 나오게 된 거야."

"너는 무슨 영화를 보고 싶었는데?"

한숨을 쉬며 리나는 말했다.

"'어벤져스'라는 영화가 있어."

"나도 알아. 600년 전에 지구 할리우드에서 만든 고전 영화 말이지? 조스 웨든 감독의 2012년 영화고, 크리스 햄스워스가 주연이잖아."

"방금 자료를 찾아 본 거면서 원래 알고 있었던 것처럼 말하지 마. 그리고 크리스 햄스워스는 조연이야. 영화에 나온 가장 중요한 배우는 로버트 다우니 주니어와 크리스 에반스야. 크리스 햄스워스를 먼저 말한 것부터 네가 그 영화를 잘 모른다는 뜻이야."

"아냐, 잘 알아. 영화도 봤어."

"내가 말 꺼내니까 지금 검색해서 말한 거잖아."

"아냐, 이전에 슈퍼히어로 영화에 대해 대화한 적 있잖아. 기억 안 나? 그때 같이 보고 나한테도 느낌을 물었잖아."

나나의 말이 옳았기 때문인지 아니면 검색에 집중해서인지 리나는 말이 없었다. 나나가 말했다.

"중학교 2학년 학생이 600년 전 지구에서 만든 슈퍼히어로 영화를 좋아하는 건 독특한 일이야. 안나가 너처럼 독특한 중학생에게 적응 못 해서 그럴 거야."

"독특하다니! 당시에는 최고 인기였어. 지금이야 특수 효과가 유치하게 보이겠지만 당시에는 최첨단 유행이었다고."

그러더니 리나는 입을 다물고 검색에만 몰두했다. 결국 나나는 리나와의 대화를 포기하고 부엌의 기계와 로봇을 조종해 점심을 준비했다.

날씨도 좋고 별로 덥지 않아서, 리나는 자전거를 타고 나가기로 했다. 집을 나와 한동안 달리는데, 나나도 자전거를 타고 리나를 따라오기 시작했다. 물론 나나는 홀로그램이었다. 그것도 리나의 안경을 통해서만 보이는. 리나는 나나가 굳이 자전거를 탄 홀로그램을 만들어 따라오는 모습이 황당했다. 하지만 더 중요한 건 집을 관리하는 인공지능이 집 밖으로 따라온다는 사실이었다.

"왜 따라와?"

리나는 나나를 돌아보고 소리쳤다. 리나의 신경질적인 목소리를 듣고, 나나가 조심스럽게 대답했다.

"행선지를 밝히지 않고 집을 나가니까 그렇지. 미성년자가 함부로 집을 나가면 안 돼. 범죄를 주의해야지. 부모님 허락 없이 나가면 내가 따라가도록 설정되어 있는 거 너도 잘 알잖아."

"아무도 안 싸우는 도시에 무슨 범죄가 일어나?"

"그건 그렇지만, 네가 다른 도시별로 갈지도 모르잖아."

"어떻게 알았어?"

리나는 신이 나서 의기양양하게 말했다.

"우주철 타고 가서 이웃 도시에서 '어벤져스'를 볼 거야. 꼭 극장에서 봐야 하니까 다른 도시로 가는 거야."

"그러면 오늘 일정은 나에게 맡겨. 표는 내가 미리 예매할게. 엄마에게 말해서 용돈도 받을게. 근사한 식당도 알아보고. 괜찮지?"

"알았어. 마음대로 해. 하지만 나를 방해하거나 귀찮게 하면 안돼. 알겠지?"

'싸우지 않는 도시'에는 극장이 없었기 때문에, 리나는 가끔 허락을 받고 우주철을 타고 이웃 도시별의 극장에 갔다. 영화는 집에서도 볼 수 있다는 말은 리나에게 수백 번도 더 했으므로 소용없다는 걸 나나는 알았다. 자전거를 타고 달리는 리나의 뒤를 따라가며 나나는 극장을 검색하고 표를 예매하고 식당이나 들릴 만한 쇼핑센터 등을 알아보는 등 필요한 다른 일정도 짜기 시작했다.

우주철이 출발하기를 기다리며 리나와 나나는 창밖을 보았다. 한가한 역에는 승객도 오가는 우주철도 많지 않았다. 리나 옆자리에는 홀로그램 나나가 앉았는데, 리나가 설정을 바꿔서 다른 사람에게도 보이도록 해 놓았다. 그렇게 해 두면 귀찮게 하는 사람이 줄어들었기 때문이다. 나나가 홀로그램인 점을 제외하면, 둘은 우주철을 타고 놀러 가는 중학생 친구처럼 보였다.

"우주철 타니까 신난다."

창밖의 역 풍경을 내다보며 리나가 나나에게 말했다.

"우주철은 우주를 이동하는 우주선이지만 외양은 예전 지구에서 운행된 전철을 본뜬 거야. 물론 너도 알고 있겠지만. 우주철을 디자인한 과학자는 사람들이 지하철을 타듯이 우주여행을 익숙하게 받아들였으면 좋겠다고 생각했대. 기차 모양은 우주를 여행하기에 좋은 디자인은 아니지만, 고도로 발달한 기술 덕분에 디자인은 문제가 되지 않으니까."

나나도 알고 있었다. 우주철은 전 우주의 수많은 도시를 연결하는 우주선으로 모양은 20세기의 기차와 전철을 더한 것 같은 모습이었다.

"지하철을 처음 영화에서 봤을 땐 정말 신기했어. 우주로 가지 못하고 지하에서 그것도 정말 느린 속도로 달리는 기차라니. 나중에 타 보고 싶어. 시끄럽고 덜컹거린다는 느낌이 어떤 건지 느끼고 싶어. 지하철은 '모험하는 도시'에도 없으니까 타려면 더 멀리 가야 해. 엄마 아빠가 허락할지 모르겠어."

객차 안을 둘러보더니 리나가 말했다.

"오늘은 사람이 없네. 보통은 사람이 많은데. 여름방학이어서 그런가? 하지만 그거랑은 상관없을 텐데."

곧 우주철이 출발한다는 안내 방송이 흘러나왔다. 열차가 움직이고 창밖의 풍경이 빠르게 뒤로 물러났다. 우주철은 순식간에 '싸우지 않는 도시'를 벗어났고, 블랙홀을 둘러싼 거대한 구조물이 드러났다.

멀어져 가는 도시를 바라보며 리나는 한숨을 쉬었다.

"정말 싫어. 극장도 없고, 사람도 별로 없고. 다들 로봇과 인공지능뿐이고. 블랙홀에서 에너지를 얻으려고 쌓아 둔 쓰레기만 잔뜩 있고. 어휴, 보기만 해도 화가 치밀어."

"인류가 우주로 진출할 때 가장 중시한 건 다양한 문화였잖아."

나나는 말을 이었다.

"애초에 인류가 우주로 진출한 이유는 인류가 멸망하지 않으려면 다양한 곳에서 다양한 문화를 만들며 살아야 한다는 판단에서였으니까. 그래서 인류는 목적을 달성했지. 우리 도시별은 블랙홀로 발전을 하니까 안전이 최우선이고 그래서 모두 싸우지 않고 조화롭게 의견을 주고받는 도시를 만들자고 한 거야. 그래서 '싸우지 않는 도시'가 됐고. 리나 네가 가려는 도시는 우주 내부로 떠나는 사람들이 중간에 모이는 곳이어서 모든 모험을 권장하는 '모험하는 도시'가 된 거잖아. 그래서 요즘은 드문 고전 영화 상영관도 있는 거고."

"그건 나도 알아."

리나가 대답했다. 리나도 다 알고 있는 정보를 나나가 굳이 말하는 이유를 알고 있었다. 나나는 덧붙였다.

"어른이 되면 얼마든지 네가 살고 싶은 도시에서 살 수 있잖아."

"어른이 되면? 나는 하루하루가 아쉬워. 너한테는 1, 2년이 긴 시간이 아니겠지만 나에게는 긴 시간이야."

"나에게도 긴 시간이야."

"흥, 네가 뭘 알아?"

나나는 인공지능이었지만 인간의 시간 개념을 잘 알았다. 오히려 인간보다 시간이 더 길게 느껴져서 문제였다. 인간에겐 짧은 시간인 1초가 나나에게는 정말 긴 시간이었기 때문이다. 인간과 대화를 할 때면, 나나가 말을 건넨 다음 아주 긴 시간을 기다려야 대답이 돌아왔다. 그래서 인간과 대화하는 동안 지루함을 달래 주는 프로그램도 있었다. 아마 그건 리나도 모를 것이다.

그때 리나가 창밖을 내다보더니 말했다.

"뭐지? 방향이 이상한데. 여기가 아닌 것 같아. 우주는 방향이 없긴 하지만 풍경이 다른데? 모험하는 도시로 가는 방향이 아닌

것 같아."

"우리는 '친구의 도시'로 가고 있어. 엄마가 그러라고 하셨어."

나나는 말했다.

리나가 정말 심하게 화를 내서, 표정과 목소리에서 쏟아져 나오는 분노 때문에 나나의 감정 처리 프로그램에 과부하가 걸릴 지경이었다. 나나는 프로그램을 일제히 움직이면서 '당황하는' 감정을 오랜만에 느꼈다.

"날 속이다니. 다시는 네가 하는 말 믿지 않을 거야."

리나는 부들부들 떨면서 우주철에서 내렸고, 나나는 얼른 뒤를 따라가며 리나를 달랬다. 홀로그램인 나나는 리나를 물리적으로 붙잡거나 말릴 수 없으니, 리나가 이상한 행동을 하지 않도록 하려면 말로 설득하는 수밖에 없었다.

"모험하는 도시는 위험하니까, 안전하면서 극장이 있는 도시로 고르라고 하셨어. 그렇지 않으면 용돈도 안 주셨을 거야. 여기도 극장이 있어. 네가 보고 싶은 영화는 아니겠지만 다른 슈퍼히어로 영화가 있을 거야. 아니면 꼭 극장에서 안 봐도⋯⋯."

"'친구의 도시' 극장은 시설이 별로란 말이야! 시설 때문에 일부러 우주철까지 타고 멀리 나온 건데. 여기서 볼 거면 그냥 집에서 봐도 돼!"

리나가 씩씩대며 너무해, 너무해 하고 반복하는 동안, 나나는 뒤를 따라가면서 리나의 화가 가라앉기를 기다렸다. 인간의 감정은 금방 변하며 특히 격한 감정은 곧 가라앉기 마련이었다. 인간과 같이 지내는 모든 인공지능이 기본적으로 알고 있는 정보였다. 나나가 리나의 기분이 언제나 가라앉을지 시간을 예측하고 그 후에 어떻게 달랠지 고민하고 있을 때, 갑자기 로봇 다섯 명이 다가왔다. 커다란 인간형 로봇이었는데, 덩치가 얼마나 큰지 다들 키가 거의 3미터나 돼서 리나와 나나가 놀라 멈칫할 정도였다.

"무슨 일이에요?"

나나는 얼른 자신의 모습을 드러내도록 제한을 푼 다음 로봇 앞을 막았다. 리나는 나나의 뒤에 서서 로봇 무리를 올려다보았다.

맨 앞에 있던 로봇이 얼굴에 미소를 띠고 친절하게 말했다.

"안녕하세요. 나는 '친구의 도시'에 사는 로봇 해롤드예요. 우리는 모두 친구들이고요. 도시 사람 모두가 친구인 것처럼 말이죠. 당신은 이곳 도시 사람이 아니죠? 방금 도착했나요?"

"우린 관광객이에요."

나나가 말하자, 로봇은 말했다.

"당신은 인공지능이시군요. 이름은 나나고요. 홀로그램인 줄 바로 못 알아봐서 죄송합니다. 내가 홀로그램과 인간을 잘 구별 못해서……. 뒤에 있는 관광객께서는 확실히 인간이시군요. 이름이 뭔가요?"

"내 이름은 리나예요. 왜 말을 걸었어요?"

리나가 날카롭게 묻자, 갑자기 로봇들이 신이 나서 대답했다.

"왜 묻냐뇨. 당연히 친구가 되고 싶어서죠. 이곳은 모두가 친구인 '친구의 도시'입니다. 여기에 오셨으니까 우리의 친구고요. 친하게 지내요. 가고 싶은 곳 있어요? 안내해 줄게요. 다른 친구도 소개해 주고요."

'뭐야 도대체.'

리나가 중얼거리며 인상을 썼지만, 로봇들은 아랑곳하지 않고 정신없이 떠들어 대기 시작했다.

"저녁에 우리 집에서 파티가 있는데, 놀러 올래요? 인간들도 와요. 분명 인간과 같이 오는 인공지능도 있을 겁니다. 내 친구 중에는 인공지능도 많고 인간도 많아요. 점심은 어디서 먹을 거예요? 괜찮으면 내 친구가 하는 일식집이 있는데 모두 가면 아마 할인을 해 줄 테니 같이 점심 먹으면……."

"로봇이 무슨 점심 식사야!"

리나는 꽥 소리치고는 로봇 무리로부터 달아났다.

로봇뿐 아니라, 사람들과 로봇인지 사람인지 인공지능인지 모를 홀로그램까지 달려와서 '이제 우리는 친구니까 친하게 지내자.'고 따라왔다. 모두가 친구인 '친구의 도시' 시민에게는 당연한 일이지만, 리나는 전혀 원하지 않는 상황이었다. 버럭 소리치면서 리나는 걸음을 서둘렀다.

"최악이야. '싸우지 않는 도시'보다도 더 끔찍한 곳이 있다니! 이건 정말…… 진짜 짜증 나!"

리나가 원하지 않는 상황을 막는 것이 나나의 의무였다. 나나는 누가 다가올 때마다 접근하지 말아 달라는 메시지를 전송했으나 소용이 없었다. 특히 인간들은 무선 접속이 안 되는 경우가 많아 직접 막는 수밖에 없었는데, 홀로그램이 다가오는 사람을 막을 방법은 없었다. 나나는 친한 인공지능에게 연락해 방법을 물었지만 다들 별 방법이 없다고 대답했다. 그 도시는 왜 갔냐고 되물으면서 키득댈 뿐이었다. 그냥 홀로그램과 로봇은 접근을 최대한 차단하고, 인간은 얼른 설득해서 돌려보내고 리나가 기분이 좋아지도록 기다리는 수밖에 없었다. 그래서 나나는 리나를 얼른 극장으로 안내했다.

극장으로 가는 동안 리나는 기분이 잠시 풀리는 듯하더니, 극장 앞에 걸린 시간표를 확인하고 다시 화를 냈다.

"2000년대 영화 상영관이 아니라 여긴 1980년대 영화 상영관이잖아!"

리나는 울상이 되어 말했다.

"할리우드 영화가 아닌 것도 있고, 지금 상영 중인 건…… 스필버그 감독의 영화네. 내가 보려는 슈퍼히어로 영화는 아니잖아."

어떤 영화를 상영하는지는 당연히 인터넷으로 알 수 있지만, 리나는 굳이 극장 앞까지 와서 시간표를 보고 싶다고 했다. 시간표가 극장 앞에 있는 것부터 나나에게는 신기한 일이었다. 게다가 모두 오래전 영화인데 1980년대 영화와 2000년대 영화가 차이가 있다니 그것도 혼란스러웠다. 화가 난 리나를 지켜보면서 리나가 하자는 대로 기다리는 수밖에 없었다.

리나는 홱 돌아서서 길을 걷기 시작했다.

"이따 미지와의 조우 하니까 그걸 보고 가자. 슈퍼히어로 영화는 아니지만, 기왕 나왔는데 뭐라도 보고 가야지. 앞으로 두 시간이나 남았는데 어디서 뭐 할까?"

나나는 얼른 리나가 좋아할 장소를 검색해 제안했다.

"도서관은 어때? 영화와 관련된 자료도 많고, 거기는 조용히 해야 하니까 친해지자고 귀찮게 하는 사람은 없을 거야. 도서관으로 갈까? 차를 타고 45분 정도 가면 될 거야."

"그렇게 오래 걸려? 왔다 갔다 하다가 시간 다 보내겠는걸. 도서관 말고 다른 곳은 없어? 방해받지 않는 곳으로."

"그런 곳은 없어. 이곳은……."

"모두가 친구인 도시니까 그렇다는 건 나도 잘 알아. 으악!"

리나가 갑자기 소리를 질렀고 빨라진 심장 박동과 혈압이 나나에게도 전달되면서 나나의 모든 기능이 리나의 감정 상태에 집중되었다. 집을 관리하는 인공지능은 가족 구성원의 급작스러운 신체 변화에 즉각적으로 반응하도록 프로그래밍 되어 있었다. 리나가 놀란 이유는 갑자기 나타난 로봇 때문이었다. 친구가 되고 싶다고 귀찮게 하던 덩치 큰 로봇들이 극장 앞에 나타난 것이다. 얼른 로봇을 피해서 극장 안으로 들어간 리나는 창문을 통해 밖에서 떠드는 로봇들을 내다보았다. 나나도 리나에게만 보이도록 설정을 바꾸고 모습을 감추었다. '어떻게 여기서 로봇이랑 또 마주쳤지?' 하고 리나는 중얼거렸고, 나나가 설명했다.

"친구의 도시는 싸우지 않는 도시처럼 크지 않아. 인구도 적고 면적도 좁은 곳이야. 특히 중심가는 더 그렇고."

로봇들이 극장 앞에 모여서 크게 떠드는 소리가 극장 안까지 들려왔다.

"아까 그 중학생 관광객, 영화를 좋아하지 않을까? 여기 같이 왔으면 좋았을 텐데."

"리나도 친구가 돼서 같이 영화 봤으면 좋았을 텐데. 나는 음료수랑 팝콘 세트 할인 쿠폰도 있다고."

"로봇이 팝콘 세트 할인 쿠폰은 왜 가지고 있어?"

"인간 친구들하고 나중에 쓰려고 보관했지."

"리나는 왜 우리와 친구가 되고 싶지 않은 거지?"

"혹시 그 홀로그램이 리나가 다른 친구를 못 사귀게 막는 건 아닐까?"

그 말을 듣고 나나는 기가 막혔는데 리나가 갑자기 웃기 시작해서 더 어이가 없었다.

로봇들은 말했다.

"그렇진 않아 보였어. 좋은 인공지능 같던데. 보통 인간과 같이 다니는 인공지능은 친절하니까 나나도 친절한 인공지능일걸. 나나하고도 친구 하고 싶다."

"나나가 인공지능이었어? 나는 사람인 줄 알았는데."

"나도 사람인 줄 알았어."

"어휴, 이 멍청한 로봇들. 너희는 홀로그램이랑 실물도 구분 못해? 그리고 내가 처음 봤을 때 인공지능이냐고 물어봤잖아. 아무튼 리나는 뭘 좋아할까? 그걸 알면 친하게 지낼 수 있을 텐데. 한동안 새로 사귄 친구가 없었어. 다른 친구들도 관광객이 왔다는 걸 알면 좋아할 텐데."

로봇의 말을 듣고 리나가 중얼거렸다.

"쟤네 전부 다 미쳤나 봐."

미친 건 아니지만, 정말 이상한 성격이긴 하다고 나나도 생각했다. 로봇 무리가 사라지자 리나가 말했다.

"정말 도서관으로 가야겠어. 거기 숨어 있으면 모를 거야. 다른 사람들도 도서관이라면 귀찮게 건드리지 않겠지? 빨리 가자. 택시를 타고 당장 도망치는 거야."

그러더니 나나의 대답을 듣지도 않고 리나가 극장을 뛰쳐나갔다. 나나가 곧바로 택시를 호출하고 목적지를 전송하자, 바로 극장 앞에 택시가 도착했다.

"당장 출발해요! 도서관! 도서관으로 가요!"

택시에 탄 리나가 소리 지르고, 나나도 택시를 타고 홀로그램으로 모습을 드러냈다. 어디로 가라고 말할 필요는 없었다. 택시 부를 때 이미 도착지를 전송했으니까. 하지만 리나는 계속 재촉했다.

택시 운전석에는 홀로그램이 있었다. 택시를 운전하는 인공지능이었는데, 손님이 타면 친근하게 대화하기 위해 앞 좌석에 만든 홀로그램이었다. 친절한 표정의 중년 아저씨 홀로그램이 리나와 나나를 돌아보며 인사했다. 그는 핸들에 손을 얹어 차를 움직이는 시늉을 했지만, 핸들 또한 홀로그램이고 자동차는 인공지능이 직접 제어하고 있었다.

"친구의 도시에 오신 것을 환영합니다. 내 이름은 파이입니다. 손님 성함은 어떻게 되시나요? 오늘 친구의 도시에 처음 오셨죠? 여기저기 많이 가 보셨나요? 도서관 말고 다른 가 볼 만한 곳도 안내해 드릴까요?"

운전사가 말했다.

"저는 나나고, 이쪽은 리나예요."

리나는 혹시 누가 따라오지 않는지 창밖을 내다보고 있어서, 나나가 대신 대답했다.

"이렇게 만난 것도 인연이니까 앞으로 친하게 지내요. 친구의 도시 다른 사람들처럼 말이죠."

친하게 지내자는 말에 리나가 흠칫 놀라더니 홱 돌아보며 파이에게 소리쳤다.

"친구는 절대 안 돼!"

"리나가 친구의 도시 문화에 익숙하지 않아서 그래요."

나나는 얼른 설명했다. 그리고 친구의 도시에 도착한 이후 일어난 일을 말했더니, 파이가 껄껄 웃었다.

"해롤드라면 내가 잘 알아요. 나쁜 로봇은 아니니 걱정 마요. 로봇치곤 적극적이긴 하죠. 내 택시도 자주 타는걸요. 같이 놀러 다니기도 하고, 알고 보면 재밌는 친구죠."

"뭐? 해롤드를 안다고요? 당장 차 세워요!"

리나가 겁에 질려 꽥 소리치자 파이는 껄껄 웃더니 대답했다.

"진정해요. 해롤드가 택시에 탄 적 있어요. 그때 친구가 됐죠. 택시 기사는 모든 손님과 다 친구니까요."

파이의 설명이 나나에게는 낭만적으로 들렸지만, 리나는 기가 질린 것 같았다. 앞자리에 앉은 파이가 자신을 못 보도록 몸을 낮춰서 앉기까지 했다. 나나와 파이가 그럴 필요도 없고 소용도 없다고 말해도 몸을 일으키지 않았다.

파이가 말했다.

"친구의 도시는 원래 아주 지루한 별이었어요. 살기도 척박하고 우주에서는 고립된 도시였죠. 그래서 모두 친하게 지내면서 매일 같이 놀면 재밌지 않겠냐고 했죠. 그러다 보니 다들 친하게 지냈고 그 후로는 다 잘 풀렸어요. 지금은 새로운 친구를 만들고 싶은 관광객이 많이 오죠. 우리는 찾아오는 사람들에게 친절하게 대하고,

사람들은 새로운 친구를 만들어 즐겁게 놀다 떠나니까 서로 좋잖아요."

"딱 아이들이나 생각해 낼 법한 아이디어네."

리나가 비아냥댔지만, 파이는 웃으며 대꾸했다.

"어떻게 알았어요? 아이들이 낸 아이디어예요. 아마 중학생 정도의 아이들이었을 텐데."

그건 중학생인 리나를 의식한 농담이었지만 리나는 흘려들었다.

나나는 '친구의 도시' 역사를 잘 알고 있었다. 친구의 도시는 거친 별이라서 살아남기 위해서는 서로 친하게 지내며 돕지 않으면 안 됐던 시절이 있었다. 지금은 상황이 안정됐지만, 한때는 도시 전체가 생존이 어려웠던 적도 있었다. 은하 곳곳에 퍼져 있는 다른 도시 역시 마찬가지였다. '싸우지 않는 도시'는 싸우지 않는 방법으로, '모험하는 도시'는 목숨을 건 모험으로 도시를 유지했다. 인류는 살아남기 위해 여러 가지 시도를 했고 그렇게 살아남았다.

"친구고 뭐고 절대 안 돼!"

리나는 딱 잘라 말했다.

도서관을 향해 가던 택시가 잠시 건널목에서 신호 때문에 멈췄을 때였다. 건널목을 지나던 사람과 로봇이 택시 주변으로 모여들더니 외쳤다.

"리나? 리나하고 나나 맞지? 해롤드에게 얘기 많이 들었어."

그리고 다른 사람들도 모여들기 시작했다.

"우리를 어떻게 알아봤지?"

리나가 당장 출발하라고 고함지르는 동안에도 그들은 자신들과 친하게 지내자고 소리쳤고, 나중에는 길가에 있는 사람들까지 손을 흔들었다. 다행히 곧 신호가 바뀌고 택시가 출발하면서 그들과 멀어졌다. 파이가 말했다.

"손님, 인기 좋으신걸요."

나나는 터지려는 웃음을 참았지만, 나중엔 견딜 수가 없었다. 특이하게도 인공지능도 인간처럼 웃음이 나오면 못 견디도록 설계되어 있었다. 왜 그렇게 설계되었는지 그녀도 몰랐다.

리나는 겁에 질려 파이에게 말했다.

"설마 온 도시 사람들이 나를 쫓아오는 건 아니겠죠? 제발 아니라고 말해 줘요."

"가끔 일어나는 일이죠."

파이는 심드렁하게 대답했다. 그러자 나나 역시 불안해졌다. 온 도시 사람들의 추격을 받는 일이 일어날 거라고는 상상도 해 본 적이 없었다.

리나는 물었다.

"도서관은 안전하겠지? 제발 그렇게 말해 줘요, 아저씨. 아니면 어디가 안전한지 말해 줘요. 이 미친 사람들을 피해서 어디로 도망쳐요? 무사히 집에 돌아가고 싶어요."

"무사히 돌아갈 테니 걱정 마요."

웃는 파이를 향해 리나가 버럭 소리쳤다.

"방법이나 알려 달라니까요!"

"흠…… 이런 걸 가르쳐 줘도 되나. 리나 같은 사람에게 필요한 장소를 제공하는 '안내자'는 알죠."

"안내자?"

리나와 나나가 동시에 되물었다.

리나는 두리번거리며 공포와 분노가 섞인 목소리로 말했다.

"그 아저씨가 우릴 속인 걸 거야."

도서관도 포기하고 파이의 말만 믿고 '안내자'가 있다는 곳에 내렸는데, 내리고 보니 공원이었다. 파이는 별다른 설명을 해 주지 않은 채, 둘에게 행운을 빈다는 말만 남기고 떠나 버렸다. 공원에는 둘만 남았다. 한적한 공원에는 군데군데 사람들이 앉아서 쉬고 있었다. 그들이 혹시 다가와서 말을 걸까 봐 리나와 나나는 다른 사람을 피해 다니며 '안내자'를 찾았다.

"다들 제정신이 아니야. 어떻게 집에 가지? 미친 사람들 때문에 집에도 못 돌아가는 거 아냐? 파이도 우리를 속였을지 몰라. 친구가 되고 싶다며 날뛰는 로봇에게 잡힐지도 몰라."

파이는 친구가 되고 싶지 않은 사람들이 도망가는 은신처가 있고, 정확한 위치는 '안내자'를 통해야 갈 수 있다며 찾는 법도 알려 주었다. 하드리아누스라는 이름의 로봇이며, 신호를 보내면 그들

앞에 나타나 안내해 줄 거라고 했다.

"여기서 신호를 보내라고 했어."

파이가 말해 준 장소에서, 나나는 로봇만 알아들을 수 있는 전파 신호를 보냈다. 하드리아누스라니 희한한 이름이라고 생각했는데, '안내자'가 쓰는 가명이라니 왠지 어울리는 것 같았다.

리나가 긴장한 목소리로 말했다.

"우리가 여기서 뭐 하는 거지? 그냥 돌아가자. 집으로 가는 가장 빠른 우주철이 2시간 이상 기다려야 한다고 했지. 그냥 우주철 역에서 기다리는 편이 낫지 않을까? 이러다간 나도 미칠 것 같아. 더늦기 전에 집으로 가서 정신 차려야 해."

겁먹은 목소리였지만 나나가 음성과 표정을 분석해 보니 호기심 또한 섞여 있었다. '안내자'가 뭔지 은신처가 뭔지 리나도 궁금했던 것이다. 그건 나나도 마찬가지였다.

"삐삐삐삐."

"뭐지?"

리나가 소리를 듣고 놀라 펄쩍 뛰며 말했다. 나무 뒤에서 작은 로봇이 나타났다. 납작한 금속 상자 모양의, 잔디를 깎는 작은 로봇이었다. 나나는 인터넷 정보 검색을 통해 그 로봇이 꽤 오래되었다는 걸 바로 파악했다. 인간형 로봇을 인간처럼 대접하는 것과 달리 기계의 모습인 로봇은 다들 단순한 기계로 받아들이곤 했다. 하지만 기계 로봇도 기계로서 자아가 있었고, 나나는 이 사실을 당연히 잘 알고 있었다.

"삐삐삐삐."

로봇이 내는 전자음은 로봇의 언어였다. 리나에게는 소음으로 들리겠지만 나나는 알아들을 수 있었다. 나나는 그와의 대화를 리나에게 설명했다.

"파이가 말한 '안내자' 하드리아누스야. 파이가 보낸 사람이라면 돕겠다면서 자신을 따라오래. 은신처로 데려다주겠대."

"정말 믿어도 돼?"

리나는 조심조심 하드리아누스와 나나의 뒤를 따랐다. 하드리아누스는 공원의 잔디를 관리하는 수많은 잔디깎이 로봇 중 하나였고, 공원 주변의 다른 잔디깎이 로봇들과 함께 정보를 종합해 관리하고 있었다. 하지만 사람들은 물론 다른 인공지능들은 이 사실을 모르고 있었다.

"삐삐삐."

다른 도시에서 온 사람이 자주 찾는 곳이니 걱정하지 말라고 하드리아누스가 덧붙였고, 나나는 알았다고 대답했다. 하지만 하드리아누스와 대화하는 동안에도 나나는 은신처의 모든 정보를 찾아 정말 안전한 곳인지 조사했다.

은신처 앞에 도착하자 리나는 은신처의 간판을 읽고 놀라 중얼거렸다.

"전시 대피 구역?"

하드리아누스가 데려다준 은신처의 정체는 간단했다. 바로 공원 안에 마련된 지하 방공호였다.

"전쟁이 났을 때 대피하는 곳이라서 인터넷이 완전히 통제되고 위치도 추적 안 된대."

'친구의 도시'에서는 전쟁이 난 적이 없어서 실제로 쓰이진 않았는데 인터넷 접속이 안 된다는 점을 이용해 잠시 친구들에게서 떨어지고 싶은 사람들이 숨는 용도로 찾고 있다고 했다. 사고가 난 적도 없고 나오고 싶을 때 언제든지 나오는 통로는 열려 있었다. 단지 접속만 차단된 곳이었다. 하드리아누스가 '안내자'가 된 이유는 방공호 주변의 잔디와 함께 출입문도 관리하는 로봇이기 때문이었다. 리나가 실망해서 물었다.

"그냥 인터넷만 안 되는 거야?"

"삐삐삐."

하드리아누스의 답변을 나나가 통역했다.

"안으로 들어가면 인터넷이 차단된대."

"하지만 해롤드나 다른 누군가 안으로 따라 들어오면 소용없지 않아?"

"삐삐."

"절대 들어오지 않는대. 친구와 모든 접속이 끊기니까. 친구와 만나고 싶지 않은 사람만 들어갈 이유가 있고, 그래서 은신처의 기능을 하는 거야."

"흠……."

리나는 뭔가 마음에 들지 않는지 고민을 하고 있는데, 멀리서 함성이 들렸다. 하드리아누스가 서두르라고 신호를 보냈다. 위험한 상황은 아니었지만 사람과 로봇, 홀로그램이 리나와 나나를 만나기 위해 은신처 주변으로 모여들고 있었다.

"리나! 나나! 제발 거기로 들어가지 마! 우리랑 친하게 지내자! 우리랑 재미있게 놀자!"

해롤드가 달려오며 외쳤다. 그의 뒤로 사람들과 로봇이 달려와 리나와 나나 앞에 모였다. 리나는 어이가 없어서 입을 딱 벌렸고, 나나는 일단 리나의 앞에 나서 사람들을 가로막았다.

해롤드가 다급하게 말했다.

"리나, 너랑 친해지고 싶어서 네가 쓴 슈퍼히어로 영화 리뷰를 모두 읽었어!"

막 은신처로 들어가려던 리나가 그 말에 걸음을 멈추고 뒤를 돌아보았다.

"소셜 미디어를 검색해서 네가 쓴 슈퍼히어로 글을 전부 찾아서 읽었어. 훌륭한 글이었어. 특히 드라마 시리즈들을 정리한 글이 좋았어. 나도 '애로우'가 아주 재미있는 드라마라고 생각해."

"흠, 리뷰를 제대로 봤는걸."

리나가 고개를 끄덕이자 다른 로봇과 홀로그램, 사람들도 차례대로 말했다.

"에드워드 노튼과 마크 러팔로의 헐크 연기 비교 글도 좋았어."

"왜 '원더 우먼' 리뷰는 안 썼어? 텔레비전 시리즈와 비교해서 어떤 점이 다른지 네 의견이 궁금해."

"네 리뷰를 읽고 호기심이 생겨서 '캡틴 아메리카 윈터 솔저'를 봤어. 정말 재미있었어."

흡족한 표정의 리나가 로봇의 칭찬을 듣는 동안, 나나는 어떤 계획을 세울지 고민했다. 이제 리나도 '친구의 도시' 사람들을 친구로 받아들일까? 그렇다면 은신처로 들어가지 않아도 된다. 그러면 영화표는 어떻게 할지 우주철 예약은 바꾸어야 할지 고민할 때였다.

누군가 외쳤다.

"'어벤져스'가 제일 좋아하는 영화지? 영화는 아직 못 봤는데 같이 보고 싶어."

리나가 한참 기쁜 표정으로 듣고 있는데, 누가 이렇게 말했다.

"크리스 햄스워스가 주연한 영화 맞지?"

그 말을 들은 리나의 얼굴이 벌게지고 혈압이 오르고 호흡도 가빠졌다. 화가 났구나 하고 나나는 생각했다. 리나는 더 듣지 않고 몸을 홱 돌려서 은신처로 들어가 버렸다. 어리둥절해진 로봇들을 뒤로하고 나나도 홀로그램을 감추고 리나를 따라 안으로 들어갔다. 그러자 하드리아누스가 은신처의 문을 닫았다.

다들 여전히 어리둥절해 있는 동안, 하드리아누스는 주변의 잔디를 깎기 시작했다.

리나와 나나는 별다른 대화 없이 조용히 은신처의 복도를 걸었다. 구불구불 이어진 복도 끝에는 큰 방과 주변으로 작은 방이 이어져 있었다. 꼭 병원 대기실처럼 생긴 곳이었는데 그곳이 은신처였다. 넓고 편안한 소파에 몇몇이 앉아 있어서 리나도 소파에 앉고 나나도 옆에 앉았다.

미리 와 있던 세 명은 각각 외계인, 로봇, 그리고 인공지능의 홀로그램이었다. 인공지능 역시 혼자 있고 싶을 때가 있을까? 나나는 생각했다. 그들은 친구를 피해서 들어왔기 때문에 서로 아무 말 하지 않았고 리나에게 말을 걸지도 않았다.

그때 리나가 중얼거렸다.

"웬 나무가 있네."

"나무가 아니고 외계인이야."

나나가 얼른 설명했다. 방에는 나무 외계인이 있었는데, 리나가 관상용 화분으로 착각한 것이었다. 나무 외계인은 인간처럼 지성을 가진 생명체인데 모습은 꼭 나무처럼 생겼다. 나무 외계인이 나뭇가지를 움직이는 모습을 물끄러미 보던 리나가 말을 걸었다.

"안녕하세요."

외계인은 대답이 없었다. 인간처럼 소리로 대화하는 종족이 아니었기 때문에 리나의 말을 알아들 수도, 알아듣더라도 대답할 수

가 없었다. 나나가 나무 외계인이 알아들을 수 있는 전기 언어로 바꿔서 정보를 전송했지만 역시 답은 없었다. 나나는 그냥 잘 알아들었겠거니 생각했다.

그 옆에는 인간과 비슷한 모습의 로봇이 있었다. 나나, 리나와 눈이 마주치자 로봇이 친절하게 말했다.

"내 이름은 제인이에요. 은신처에서 편하게 있어요. 옆방에는 침대도 있으니 피곤하면 자고 가요."

"그렇게 오래 있을 건 아니에요."

나나가 대답했다.

"외부인인가 봐요?"

제인의 질문에 리나가 대답을 망설이자 제인이 얼른 덧붙였다.

"친구가 되려는 건 아니니 걱정 마요. 여기 있는 사람들 모두 같은 마음으로 있어요."

그 말에 안심했는지, 리나가 갑자기 주절주절 그들이 누구고 어디서 왔고 왜 '친구의 도시'에 왔고 은신처에는 어떻게 오게 됐는지를 털어놓았다. 이야기는 하소연이 됐고 하소연은 장광설이 됐는데, 리나의 말이 점점 길어지는 동안에도 제인은 리나의 말을 잠자코 들었다.

나나는 리나의 말을 가로막고 제인에게 질문했다.

"제인님은 왜 여기 있나요?"

"나는 회사에서 전자제품 애프터서비스를 상담하는 상담사예요. 종일 사람들의 전화에 대답하는데, 그러다 보면 대화에 질릴 때가 와요. 그때마다 여기서 쉬었다가 가요."

그리고 제인 옆에 앉아 있던 아름다운 여성 모습의 인공지능 홀로그램이 대화에 끼었다.

"내 소개도 할까요?"

"사실 알고 있어요."

리나가 눈을 빛내며 말해서, 나나는 놀랐다.

"인디아 제이 세인트 맞죠? 인공지능 배우잖아요. 고전 할리우드 뮤지컬 영화 '커버걸'의 브로드웨이 뮤지컬 버전에서 리타 헤이워드가 맡았던 역할을 했죠? 인디아의 연기 무척 좋아해요."

리나의 말에 나나는 얼른 정보를 검색했다. 리나의 말대로 인디아 제이 세인트는 유명한 인공지능 배우였다. 여러 배우 전문 인공지능이 힘을 합쳐서 만든 홀로그램 배우로 영화, 드라마, 연극, 뮤지컬, 게임 등 다양한 분야에서 연기하고 있었다. 그녀는 주 활동 지역인 '친구의 도시'뿐 아니라 이웃 도시에서도 인기가 있었고, 그래서 리나도 얼굴을 알고 있었다.

인디아는 고개를 끄덕였다.

"저는 직업 특성상 친해지자고 조르는 사람이 너무 많아서⋯⋯ 그래서 이곳에서 쉬고 있어요."

간단한 소개가 끝나자 그걸로 대화는 끝났다. 바깥의 다른 사람들과는 달리 무뚝뚝한 태도여서 그제야 리나의 표정도 편안해졌다. 리나는 이제야 살 것 같다고 나나에게 조용히 속삭였다. 그렇게 조용히 있는 동안 나나는 일정을 고민했다. 가장 빠른 우주철은 2시간 10분 후였다. 우주철 역까지 가는데 넉넉잡아서 20분 정도 걸리니까, 여기서 1시간 50분 뒤에 나가면 되는 것이다. 일정을 말하자 리나가 대답했다.

"사실 그것 때문에 궁금한 게 있었는데…… 해롤드 무리가 계속 밖에서 기다리고 있으면 어쩌지? 우주철 시간이 다 됐는데도 밖에서 기다리고 있으면 역으로는 어떻게 가? 몰래 빠져나갈 방법이 있을까? 그때까지도 모여 있진 않겠지? 다들 자기 할 일이 있을 테니까. 그렇겠지?"

그때 인디아가 말했다.

"더 늘어나 있을 거예요. 나를 기다리는 사람도 있을 테니까요. 제인에게 고장 난 전자제품을 상담하고 싶은 사람도 있을 거예요. 나무 외계인의 친구도 있을 거고. 늘 그랬거든요."

그녀의 말이 맞았다. 나나는 리나 몰래 외부로 나가 상황을 살펴보고 다시 은신처 안으로 돌아왔다. 밖에는 사람과 로봇뿐 아니라 유명한 연예인의 모습을 촬영하려고 기자들이 띄운 드론까지 날아다니고 있었다.

나무 외계인이 조용히 가지를 흔들었다. 사람들이 치가 떨리게 싫은 일을 겪으면 몸을 부르르 떠는 행동과 비슷해 보였지만 정확한 뜻은 나나도 짐작이 가지 않았다.

리나는 화를 냈다.

"왜 그렇게 친구가 되려는 거지? 나를 본 지 얼마나 됐다고. 나에 대해 잘 아는 것도 아니잖아. 친구는 그렇게 되는 게 아니야. 그리고 친구라면 어느 정도 거리는 지켜 줘야 하는 거 아냐? 친구가 되자고 무작정 매달린다니 그게 무슨 친구야?"

리나가 투덜거렸고 나나는 조용히 있고, 다들 한동안 말이 없었다. 리나가 말했다.

"이렇게 친구가 많으면 어떻게 관리를 하나요? 늘 수없이 많은 사람이 만나자고 하고 약속을 잡으려고 하면 어떻게 대처해요? 그러니까, 만약 한 500명 정도 되는 사람이 갑자기 전화하면 어떻게 답해요?"

"500명밖에 안 되면 좋게요."

인디아가 말했다.

"다 같이 통화해요. 전화해서 용건을 말하고 용건이 끝나면 할 말이 끝난 사람은 빠지고, 나머지 사람들끼리 대화를 해요. 어차피 다들 친구니까요. 내가 용건을 말할 일이 있으면 전화를 해서 상대방을 찾아 말한 다음, 다시 대화에서 빠지는 거죠. 그러니까 온 도시 사람들이 늘 누군가와 통화하고 있고 필요하면 통화에 끼었다가 빠지는 거죠."

리나는 생각만 해도 소름 끼친다며 머리를 흔들었다.

"그러면 모두 같은 집에 사는 것과 다를 바 없잖아요. 물리적으로 다른 공간에 있을 뿐이지, 내 방에서 거실로 나오면 그곳에 온 도시 시민이 다 있는 거잖아요."

"인공지능은 물리적으로도 같은 공간에 있죠. 인공지능은 사이 버 공간에서 살아가니까, 사실상 아주 큰 집에서 다 함께 사는 것과 비슷해요."

인디아의 말은 인공지능인 나나에게 무척이나 무섭게 들렸다. 그런 삶이 어떨지를 상상하다가, 나나에게 의문이 떠올랐다.

"그 많은 친구와 모두 똑같이 친하게 지내시나요? 더 가까운 사람도 있고 솔직히 꺼려지는 사람도 있을 텐데요."

인디아도 제인도 그게 가장 어렵다고 대답했다. 제인이 먼저 설명했다.

"사실 특별히 더 친한 친구가 있어요. 보통은 이렇게 구분해요. 아주 가까운 단짝이 있고, 그다음 그냥 친구가 있고, 그리고 그냥 아는 정도보다는 가깝지만 아주 친한 친구는 아닌, 먼 친구가 있죠. 보통은 나랑 가장 잘 맞는 친구와 단짝이 되죠."

"가장 잘 맞는다면…… 성격이요?"

"성격, 직장, 취미, 사는 곳 모두 중요하죠."

인디아도 말했다.

"이를테면 성격의 아주 사소한 부분이 일치하거나 취미에서 특이한 공통점이 있거나 하면 더 가깝게 지내게 되죠. 그렇게 자신을 잘 이해하는 사람은 '친구의 도시'에서도 만나기 쉽진 않거든요."

"그거야!"

리나가 버럭 소리치면서 벌떡 일어났다. 제인도 인디아도 깜짝 놀랐고 나뭇가지도 흔들림을 멈췄다.

"밖으로 나갔을 때 아무도 없게 만드는 방법이 떠올랐어."

그리고 아무 설명도 없이 리나가 그대로 밖으로 나가서 나나는 놀라 따라가며 캐물었다.

"무슨 방법인지는 말해 주고 가야지."

"잠자코 따라와 봐."

은신처 밖에는 더 많은 사람이 모여 있고, 특히 인디아가 있다는 소문이 언제 퍼졌는지 많은 드론이 날아다니고 있었다. 리나가 문을 쾅 열고 나오자 시선이 집중됐고, 나나는 영문을 모른 채 리나 뒤에 서 있었다.

"나랑 친구가 되고 싶다, 이거지?"

"그래!"

모인 사람들이 동시에 외쳤다. 정말 친구가 되고 싶어서 외친 사람도 있었지만 왜 외치는지도 모르고 따라 외치는 사람도 있었고, 괜히 신이 나서 외치는 사람도 있었다.

"진짜 친구가 될 거 아니면 사양하겠어. 정말 나와 취미가 같은 사람만 친구가 될 거야."

그 말을 듣고 일제히 조용해졌다.

"나는 슈퍼히어로 영화와 드라마를 좋아해. 그것도 2000년대 지구의 할리우드에서 만든 슈퍼히어로 영화를 제일 좋아해. 그 영화들을 정말 좋아하는 사람만 나와 친해질 수 있어. 리뷰 몇 편 읽고, 영화 몇 편 보고 친구가 될 생각은 하지 마. 어림도 없으니까. 그때의 슈퍼히어로 영화를 완전히 이해하는 사람하고만 친해질 거야. 알았지?"

리나는 딱 잘라 말하고, 그대로 등을 돌려 은신처로 들어갔다. 나나도 따라 들어가면서 주변의 반응을 살폈는데, 모두 이렇게 대범한 선언을 처음 들었는지 충격을 받은 표정이었다. 친구가 되는 데 까다로운 조건을 거는 상황을 이전에는 겪은 적 없는 것 같았다. 리나의 방법이 효과가 있을까, 나나는 고민하며 은신처 문을 닫았다.

은신처에서 기다리는 동안 리나는 나무 외계인과 의사소통 하는 방법을 익혔다. 그리고 나무 외계인의 나뭇가지를 잡아당기며 놀 만큼 서로를 잘 알게 되었다. 한참 나무 외계인의 잎사귀를 간지럽히며 놀던 리나에게, 나나가 조심스럽게 다가가 말했다.

"밖에 모인 사람들이 너에게 하고 싶은 말이 있대."

"무슨 말?"

"나가 보면 알 거야."

"해롤드 무리가 밖에 모여 있다면 나가고 싶지 않지만 어차피 집에 갈 시간이니까. 우주철 표는 예매했지? 빨리 돌아가서 쉬어야지. 오늘 하루 정말 피곤했어."

리나와 나나는 작별 인사를 한 다음 은신처를 나왔다. 그리고 밖에 모인 사람들을 보고 눈이 휘둥그레졌다. 공원은 사람들과 로봇으로 꽉 차 있었다. 직접 온 사람도 있고, 홀로그램으로 참석한 사람도 있었다. 게다가 외계인도 있었다. 모두 공원에 설치한 거대한 홀로그램 스크린 앞에 자리를 깔고 앉아 영화 상영을 기다리고 있었다.

리나가 중얼거렸다.

"공원이 극장으로 변했네."

나나는 설명했다.

"맞아. 다들 너와 진짜 친구가 되고 싶다면서, 같이 영화를 보자고 초청했어. 그래서 홀로그램으로 노천극장을 만들고 모여서 너를 기다리고 있어. 곧 영화를 상영할 거야. '어벤져스'를 같이 볼 거래. 왜냐하면……."

"내가 제일 좋아하는 영화여서?"

리나가 되물었고 나나는 고개를 끄덕였다.

"리나 안녕! 여기 네 자리 있어!"

멀리서 해롤드가 리나를 알아보고 손을 흔들었다. 해롤드는 옆에 의자와 팝콘과 음료수를 준비해 놓고 리나를 기다리고 있었다. 해롤드가 말했다.

"사람들은 '어벤져스'가 어떤 영화인지 잘 몰라. 네가 소개해 주

겠어?"

해롤드가 리나를 스크린 앞으로 안내했다. 리나가 앞으로 나오자 사람들이 리나의 이름을 외치며 환호했다. 리나는 자신이 왜 슈퍼히어로 영화를 좋아하는지 수줍어 하면서도 신이 나서 설명했고, 다들 박수로 답례했다. 그리고 팝콘과 음료수를 꺼내 영화를 볼 준비를 했다. 리나도 자리에 앉고 인디아와 제인과 나무 외계인도 은신처에서 나와 같이 영화를 보았다. 하드리아누스도 함께였다. 나나는 그동안 집으로 타고 갈 우주철 표를 예약하고 리나의 부모님에게 조금 늦게 집에 돌아가겠다고 연락했다. 영화 상영 중간에 파이도 와서 영화를 보았기 때문에 우주철 역으로 돌아갈 때는 파이의 택시를 이용했다.

집으로 돌아온 리나의 부모는 깜짝 놀랐다. 마당에 홀로그램들이 모여 웅성거리고 있었기 때문이었다. 흡사 큰 파티라도 벌어진 것 같은 모습이었다. 무슨 일인지 궁금해하는 이웃 사람들이 나와 어리둥절한 얼굴로 기웃거릴 정도였다. 홀로그램 중에는 사람도 있고 로봇도 있고 인공지능도 있었는데, 그중에는 유명한 배우도 있어서 동네 아이들이 배우를 둘러싸고 신이 나서 말을 걸고 있었다. 당황한 리나의 부모도 얼른 집으로 들어왔더니, 집 안에는 마당에서 떠드는 사람만큼이나 많은 홀로그램이 모여서 더 시끄럽게 떠들고 있었다. 엄마가 놀라 소리쳤다.

"이게 다 무슨 일이니?"

"리나 어머님이세요?"

처음 보는 로봇 홀로그램이 다가와서 말을 걸었다.

"저는 친구의 도시에 사는 해롤드입니다. 리나와 오늘 친구가 됐습니다. 리나에게서 부모님 말씀 많이 들었고요, 부모님과도 친구가 되고 싶어요."

당황한 부모에게 나나가 상황을 설명하려는데, 리나가 먼저 말했다.

"내 친구들이야. 친구의 도시에서 오늘 사귀었어. 같이 영화 보고 헤어지기 아쉬워서 집에 초대했어. 괜찮지?"

"친구? 초대? 그게 다 무슨 말이야? 지금이 몇 시인데 밤늦게 집에 친구를 부르면 어떡하니?"

"나를 '친구의 도시'에 보낸 건 엄마잖아. 거기서 새 친구를 만들어서 온 거야. 엄마가 책임져. 그리고 해롤드가 매튜와 친구래."

리나가 신이 나서 말했지만, 당연히 그게 무슨 뜻인지 리나의 엄마도 아빠도 몰랐다.

"매튜가 누구니?"

"나랑 싸운 친구 안나의 집에서 일하는 인공지능이야. 그래서 해롤드와 매튜가 나랑 안나를 다시 연결해 줘서 방금 화해했어. 서클 다시 들어갈 거야. 잘했지?"

"지금 그게 중요한 게 아니라……."

"그리고 친구들 오늘 우리 집에서 자고 가면 안 돼? 친구들인데 그래도 되잖아. 어차피 홀로그램이라 자리도 안 차지하는데. 방에서 같이 영화를 볼 거야. '스파이더맨'을 볼 건데 괜찮지?"

"안 돼! 시간이 늦었으니까 돌려보내. 온 집에 홀로그램이 이렇게 많으면 어떡하니? 엄마 아빠도 쉬어야지. 이웃들은 또 뭐라고 하겠니?"

리나는 계속 졸랐고, 엄마와 아빠는 안 된다고만 말했다. 옥신각신 말다툼이 이어졌지만, 그건 나나가 해결할 일은 아니었다. 대신 나나는 부엌의 로봇과 기계를 움직여 부지런히 가족을 위해 저녁 식사를 준비했다.

정명섭

코드제로 알파

"아아! 잘 보입니까? 여러분."

헤드셋을 쓴 동우는 엎드려 볼 수 있게 바닥에 놓은 스마트 패드의 화면을 보면서 말했다. 컴퓨터와 스마트폰의 기능이 결합된 스마트 패드는 동우처럼 집에서 지내는 사람들에게 큰 인기를 끌고 있는 중이었다. 접어서 들고 다닐 수 있었고, 분할 화면으로 여러 명과 통화하는 게 가능해 편리했다. 동우는 유튜브 방송용으로 사용했다. 물론 시청자 수는 형편없었지만 말이다. 혹시나 하는 마음에 화면 한쪽을 바라봤지만 이번에도 시청자는 10명뿐이었다.

"저는 원래 중학교 2학년이어야 하지만 지금은 집에 처박혀 사는 유튜버 나동우입니다. 오늘 날씨는 그저 그렇습니다. 사실 집 안에서 사는 저에게 바깥 날씨는 별 의미가 없긴 하죠."

어깨를 들썩거리면서 웃던 동우는 크게 한숨을 쉬었다. 마침 새로 들어온 시청자가 댓글로 상황을 물었기 때문이다.

"하체가 안 좋아서 밖에 못 나갑니다. 학교요? 휠체어 바퀴를 하도 발로 차서 망가진 게 한두 번이 아니에요."

고개를 절레절레 저으며 동우가 얘기를 이어 갔다.

"학교는 아마존 정글 같은 곳이에요. 조금이라도 약한 아이들은 맹수 같은 일진들에게 산 채로 뜯어 먹히죠."

동우는 우울한 표정으로 말을 이었다.

"물론 저도 버텨 보려고 노력했습니다. 하지만 날이 갈수록 괴롭힘이 심해져서 어쩔 수 없었습니다. 선생님이요? 지금도 담임 선생님을 생각하면 궁금한 게 하나 있어요. 어쩜 날 그렇게 투명인간 취급했는지 말이에요."

울컥한 동우가 한참 울분을 토로하고는 한숨을 쉬었다. 그러고는 손에 든 쪽지를 바라봤다.

"죄송합니다. 제가 좀 흥분했네요. 오늘 제가 전해 드릴 지구촌 소식은 두 가지입니다. 하나는 일본이 원전 폐기물을 또 다시 바다로 무단 방류했다는 소식입니다. 후쿠시마 원전에서 사고가 발생한 지 20년이 지났지만 일본은 사고를 수습할 생각이 있는 건지 없는 건지 아리송합니다."

혀를 찬 동우가 목소리를 가다듬었다.

"두 번째 소식은 미국 샌디에이고에서 발생한 소식입니다. 뉴트로라는 제약회사에서 의문의 폭발 사고로 사상자가 발생했는데요, 경찰은 원인을 조사 중이라고 합니다. 뉴트로는 최근 인기를 끌고 있는 강력한 성능의 살충제를 개발해서 판매하는 곳입니다. 뉴트로의 대변인은 안타까운 사고 소식을 전하면서 상품 공급에 차질을 주지 않겠다고 했지만 전문가들은 공급 부족 현상이 발생할 수 있다고 덧붙였다. 이겁니다. 이거.”

동우는 화면을 향해 뉴트로 사의 살충제를 보여 줬다.

“뚜껑이 달린 원통형 캡슐처럼 생겼는데 방에 놔두면 벌레가 지나갈 때마다 알아서 약을 뿌립니다. 냄새도 안 나서 저처럼 집에서만 지내는 루저에게 딱 맞는 제품이죠.”

농담을 하고 낄낄거리던 동우는 댓글을 읽었다. 시청자가 적었지만 바깥세상에 나갈 수 없는 동우에게는 소중한 소통의 시간이었다. 게다가 다리가 불편해서 학교에 가지 못하는 동우가 그나마 할 수 있는 일이었다. 그때 밖에서 엄마 목소리가 들렸다.

“엄마 일하러 갔다 올게. 집 잘 보고 있어라. 동우야.”

방 밖으로 기어 나간 동우가 신발을 신고 있는 엄마에게 짜증을 냈다.

“훔쳐 갈 것도 없는데 우리 집에 누가 오겠어?”

“우리 아들 훔쳐 가면 어떡해.”

엄마의 말에 동우는 울컥하고 말았다.

“다리병신을 누가 훔쳐 간다 그래.”

엄마는 아무 말 없이 현관에 놓인 골판지 박스를 슬쩍 옆으로 밀고는 문을 열고 나갔다. 동우는 말없이 현관문을 바라보았다.

동우는 하반신을 쓸 수 없어서 집에서만 지냈다. 외골격 스타일의 보조 보행기가 테스트를 마치고 시판되었지만 가격이 엄청 비쌌다. 군용으로는 엄청나게 제작되어서 공급되고 있지만 말이다. 보조 보행기를 구입하는 대신 동우는 스마트 패드를 사 달라고 했다. 웬일로 엄마는 성능이 좋은 스마트 패드를 사 주고 유튜브도 해 보라고 강하게 권했다.

최근 들어 팔 근육이 약해지면서 기어 다니거나 벽에 기대는 것도 힘들어지는 중이었다. 유튜브 방송을 켜 놨다는 사실도 잊어버린 채 헉헉대면서 안방까지 기어간 동우는 베개와 이불로 만들어 놓은 자신만의 공간에 몸을 기댔다. 바깥세상에서는 전기자동차와 수소 에너지, 그리고 인공지능 로봇이 실용화되고 있었다. 하지만 동우의 세상은 대낮에도 어두운 반지하일 뿐이었다. 괜히 심통이 난 동우는 리모컨을 벽에다 던지면서 소리를 질렀다. 하지만 아무도 동우의 외침에 응답하지 않았다. 목이 터져라 괴성을 지르는데 어디선가 목소리가 들려왔다.

"데시벨이 너무 높아."

화들짝 놀란 동우는 주변을 두리번거렸다. 집 안에는 아무도 없어야 했는데 갑자기 이상한 목소리가 들리자 깜짝 놀란 것이다.

"누, 누구야!"

"알아서 뭐하게?"

마치 놀리는 것 같은 말투에 동우는 덜컥 겁이 났다.

"도, 도둑이야?"

"훔쳐 갈 것도 없다면서?"

아까 엄마가 나가면서 했던 얘기를 그대로 돌려받자 동우는 말문이 막히고 말았다.

동우는 어찌할 바를 몰랐다. 최근 인공지능이 발달하면서 사람이랑 구분이 안 가는 튜링테스트를 통과한 제품들이 나오는 중이었다. 하지만 동우네 집에는 그런 게 없었다. 있을 리가 없었다.

"심장 박동 수가 빨라지고 있군!"

도둑이 어딘가 숨어서 놀리는 거라는 생각이 들자 동우는 덜컥 겁이 났다. 엄마한테 전화해야겠다는 생각이 들어서 휴대폰을 찾아 주변을 두리번거렸다.

'아, 탁자 위에 있구나!'

평소 같으면 아래쪽 충전기에 충전을 했을 텐데 엄마가 모르고 탁자 위 콘센트에 꽂아 둔 채로 출근한 것이다.

바닥을 엉금엉금 기어서 거실로 나간 동우는 탁자 쪽으로 향했다. 움직이지 못하면서 살이 쪄 기어가는 건 날이 갈수록 힘들었다. 낑낑대면서 기어가는 동우에게 목소리가 다시 들려왔다.

"소리를 들으니 기어가는 것도 힘든 모양이군. 그렇게 운동을 해서 살을 좀 뺐어야지."

아픈 곳을 찔린 동우는 버럭 화를 냈다.

"씨, 난 못 움직인단 말이야!"

"다리가 없는 사람들도 할 거 다 한다고. 귀찮아서 안 하면서 못한다고 핑계 대지 마."

동우는 상대방이 자신에 대해서 너무나 잘 안다는 생각에 정체가 궁금해졌다. 그 와중에 간신히 탁자까지 기어갔지만 위에 놓인 휴대폰을 집어 들 방법이 없었다. 탁자의 다리를 잡고 몸을 일으켜보려고 했지만 팔 힘이 부족해서 어림도 없었다. 그러자 목소리가 들려왔다.

"뭘 하고 있는 거야? 엄청 힘들어 보이는군. 그럴 땐 머리를 쓰라고. 아님 도구를 쓰던가."

동우는 도둑 걱정보다 휴대폰을 집는 게 목표가 되어 목소리가 시키는 대로 의자에 올라간 다음 몸을 일으켜 세웠다. 탁자 구석에 휴대폰이 보이자 동우는 팔을 뻗었다. 하지만 휴대폰은 아슬아슬하게 손에 닿지 않았다. 슬슬 화가 난 동우는 이를 악물고 팔을 내밀었지만 균형을 잃고 말았다.

"어!"

의자에서 기우뚱 넘어진 동우는 현관 쪽으로 떨어지고 말았다. 다행히 아까 엄마가 출근하면서 옆으로 밀어 둔 골판지 박스 위로 떨어지면서 충격이 덜했다. 슬리퍼와 신발 있는 현관을 등지고 누운 동우는 뒤통수를 만지작거렸다.

"아야!"

골판지 상자 위로 떨어졌을 때는 다행이다 싶었는데 안에 뭔가 딱딱한 것이 들어 있었는지 엄청 아팠다. 화도 나고 궁금해진 동우는 부서진 골판지 박스를 손으로 뜯었다. 그러자 아래에 뭔가 동그란 것이 보였다.

"이게 뭐야?"

그러자 동그란 것 한쪽 가장자리에서 파란색 불이 반짝거리면서 소리가 났다.

"뭐긴, 가정용 로봇이지."

동우가 눈만 껌뻑거리자 가정용 로봇이 한술 더 떴다.

"왜? 로봇이 말하는 거 처음 봐?"

"텔레비전에서는 봤는데 실제로는 처음 봐."

"하긴, 그럴 수도 있겠지. 내 주변에 있는 박스 좀 치워 봐. 바퀴가 걸려서 못 나가잖아."

"뭐라고?"

"한국 사람인데 한국 말 몰라? 박스 좀 치워 줘."

아무리 인공지능이 발달한 시대라지만 가정용 로봇이 마치 친구처럼 능수능란하게 말을 하는 게 어색했다. 하지만 호기심이 앞선 동우가 몸을 뒤집어서 박스를 뜯어내자 안에 있던 가정용 로봇이 삐빅거리는 소리와 함께 밖으로 굴러 나왔다. 가정용 로봇은 제자리에서 한 바퀴 돌더니 동우 앞으로 다가왔다. 앞부분에 눈 모양 스티커가 붙어 있긴 했지만 아래쪽 센서가 진짜 눈인 것 같았다. 위쪽과 옆으로는 솔과 집게가 달린 팔들이 여러 개 달려 있었다. 그걸 본 동우가 물었다.

"넌 대체 정체가 뭐야?"

"가정용 로봇이라고 했잖아. 세연 전자에서 만든 코드제로 알파 모델 33형."

"근데 말을 하잖아. 원래 가정용 로봇은 그냥 전자음 정도만 내는 거 아냐?"

"요즘 출시되는 로봇에는 기본 옵션으로 대화 기능이 들어 있어."

"그렇다고 해도 너무 말을 잘하잖아."

이 작은 로봇 안에 사람이 들어가 있을 리는 없고, 어디서 무선으로 조종하면서 대답하는 게 아닐까 싶어서 동우는 가정용 로봇을 이리저리 살펴봤다.

"그렇긴 하지. 하지만 난 좀 특별한 기능이 장착되어 있어."

"그럼 비쌀 거 아냐?"

"글쎄. 비싸겠지? 정확한 가격은 몰라."

"우리 집은 가난해서 비싼 거 못 사."

동우가 자조적인 목소리로 대꾸하자 가정용 로봇은 센서를 한 바퀴 돌려서 집 안을 살펴봤다.

"집의 크기와 상태, 배치된 가구들과 가전제품들을 보니까 그런 것 같군. 요즘 같은 때 미세먼지 제거용 공기청정기 하나 없다니, 신기해."

"그런 것도 보여?"

"슈퍼 광각 렌즈가 장착되어서 방은 다 보여."

"나도?"

동우의 물음에 가정용 로봇은 대답 대신 불빛을 껌뻑거렸다. 그러고는 목소리가 들려왔다.

"인간 남성, 연령대는 대략 10대 중반으로 추정. 몸통에 비해 다리가 가늘고 기어 다니는 것을 봐서는 중증 근무력증을 앓고 있는 것으로 보임. 음성의 높낮이와 표정을 분석해 보면 불만과 불안감으로 가득하고 분노조절 장애 초기 증상이 있는 것으로 추정."

"정확하네. 난 움직이지 못해서 학교도 못 가고 그냥 집에서만 지내."

"의료 보조 기구를 이용하면 움직이는 게 가능하지 않아?"

"구청에서 지급해 준 걸 가지고 나가 봤는데 사람들이 이상한 눈으로 바라보는 게 너무 싫어."

"왜?"

"마치 벌레를 보는 것처럼 보잖아."

"근무력증 환자는 전체 인구의 0.0001퍼센트라 처음 본 사람들이 많아서 그렇게 봤을 거야."

동우는 기계 주제에 자신에 대해 대수롭지 않게 얘기하자 화가 났다. 동우의 기분을 눈치챘는지 가정용 로봇은 뒤로 확 빠졌다.

"지금 심장 박동 수가 올라가는 걸 보니 나에게 폭력을 휘두를 가능성이 점점 높아지고 있네. 하지 마."

"왜?"

"폭력은 나쁜 거야."

"겁쟁이."

"난 로봇 3원칙에 따라야 해. 그러니까 네가 날 해치려고 하면 도망치는 게 유일한 방법이야."

"그런데 넌 어쩌다 이렇게 된 거야? 보통 가정용 로봇은 너처럼 말을 잘하거나 시끄럽지 않아."

동우의 물음에 가정용 로봇의 센서가 껌뻑껌뻑했다. 아마 대답할 말을 찾는 중인 것 같았다.

"사실은 나도 몰라. 부팅이 된 이전의 기억은 없으니까."

"부팅이라면……."

"아까 네가 박스 위로 떨어졌을 때 스위치가 작동했고, 그게 처음이었어."

"아무래도 공장에서 잘못 세팅되었나 보다."

동우는 영화나 애니메이션 장면을 떠올리면서 말했다. 주인공이 공장에서 우연한 실수로 특정한 기능이 심어진 로봇과 우연히 만나서 평범하고 지루한 일상이 확 바뀐다는 내용이 떠올랐다. 하지만 가정용 로봇은 삐빅거리는 신호음을 내고 대답했다.

"그럴 가능성은 제로야."

"왜?"

"내 인공지능 알고리즘을 확인해 봤는데 중국 칭다오에 있는 제조 공장에서는 그냥 평범하고 일상적인 기능만 탑재되었어. 버튼을 누르면 청소를 시작하겠다는 문장이랑, 끝나면 충전을 하겠다는 내용 정도?"

"그럼 어디서 이런 기능을 얻은 거야?"

동우의 물음에 가정용 로봇이 다시 삐빅거렸다.

"나도 원인을 분석 중이지만 찾아내지 못하고 있어. 그 부분만 로그가 삭제되어 있어서 말이야."

"그나저나 신기하다. 가정용 로봇이 말을 이렇게 잘하다니."

"내게 탑재된 인공지능은 여러 가지 기능이 있어. 그중에는 주변의 기계들을 통해서 정보를 습득하는 기능도 있지."

"그럼 외국어도 할 줄 알아?"

"현재 6개 국어가 가능하고 계속 늘어나고 있어."

"우와! 부럽다. 나는 영어가 진짜 어렵던데."

"원래 다른 나라의 언어를 습득하는 건 어려워. 단순히 단어만 습득하는 게 아니라 그 나라의 관습과 역사를 이해해야 하니까 말이야. 예를 들어서 플레이 베네딕트 아놀드(Play Benedict Arnold)라는 관용어가 있어. 베네딕트 아놀드처럼 행동한다는 뜻이지."

"무슨 말인지 하나도 모르겠는데?"

"베네딕트 아놀드는 미국 독립 전쟁 당시 독립군인 대륙군의 장성이었어. 상인 출신이지만 굉장히 똑똑하고 경험이 풍부해서 초기 전쟁에서 큰 공을 세웠지. 그런데 문제가 생겼어."

"무슨 문제?"

"우선 상관들이랑 사이가 좋지 않았어. 다혈질인 성격 탓도 있지만 상관들이 자주 그의 공로를 가로챘거든. 거기다 뒤이어 벌어진 이런저런 일로 결국 베네딕트 아놀드는 대륙군을 배신하고 영국군으로 투항해."

"배신자가 된 거네?"

"맞아. 우여곡절 끝에 탈출하는 데 성공해서 목숨을 잃지는 않았지만 미국인들에게는 큰 상처를 주었지. 그래서 한동안 미국에서는 베네딕트라는 이름을 아기에게 붙이지 않았다고 해."

"그럴 만도 하네."

동우가 고개를 끄덕거리자 가정용 로봇이 설명을 이어 갔다.

"베네딕트 아놀드는 미국인에게 반역자의 대명사가 되어 버렸어. 그래서 미국에서는 비슷한 일이 벌어지면 정치인부터 일반인들까지 모두 베네딕트라는 이름을 언급해. 예를 들어서 2004년 미국 대선 때 민주당 후보인 존 케리가 해외에 서류상으로 본사를 이전해서 세금을 내지 않는 기업들을 가리켜서 베네딕트 아놀드 코퍼레이션(Benedict Arnold corporations)이라고 불렀지."

"베네딕트 아놀드 같은 회사들이라는 뜻인가?"

동우의 물음에 가정용 로봇이 삐빅거리는 소리를 냈다.

"직역하면 그런 뜻이지만 진짜 뜻은 '배신자 기업'이라는 뜻이야."

"복잡하네."

푸념하는 동우에게 가정용 로봇이 대답했다.

"대신 장점도 있어. 그 뜻을 이해하면 미국인과 대화할 때 잘 써먹을 수 있거든."

그 후로도 대화가 이어졌는데 동우는 자신을 이상하게 보지 않고 잘 대해 주는 가정용 로봇에게 친근함을 느꼈다.

"우리 같이 게임 할래?"

"어떤 게임?

"게임은 슈팅 게임이지. 완전 재미있는 거 있어."

작은 방으로 기어간 동우는 스마트 패드를 게임 모드로 바꿨다. 게임의 간단한 규칙이 적혀 있는 첫 화면을 본 가정용 로봇이 작은 로봇 팔에 달린 이동식 기억 장치를 스마트 패드에 꽂았다. 그리고 동우에게 말했다.

"나랑 1대 1 게임 할래?"

"할 수 있어?"

"물론이지. 그럼 시작해 볼까?"

"좋아!"

기분 좋게 외친 동우는 서둘러 시작 버튼을 눌렀다. 논 플레이어 캐릭터라는 의미의 NPC는 게임 안에서 플레이어가 직접 캐릭터를 조종하지 못했다. 그러다 보니 비슷비슷해서 재미가 없었다. 동우는 서버에 접속해서 다른 사람들과 게임을 하고 싶었지만 실력이 별로라서 끼워 주거나 같이 게임해 주는 사람이 없었다.

"자자! 이 게임은 무기가 중요해."

"체력은?"

"피통이 잘 안 깎여."

"그러니까 과감하게 공격해도 된다는 얘기군."

"와! 똑똑한데?"

신이 난 동우가 총소리와 폭탄 터지는 소리가 가득한 화면을 바라봤다.

하루 종일 가정용 로봇과 게임을 하면서 재미있게 논 동우는 해가 떨어지고 엄마가 들어오자 거실로 나오면서 외쳤다.

"엄마! 가정용 로봇 어디서 났어요?"

장을 보고 왔는지 물건이 가득 든 장바구니를 거실에 내려놓고 엄마가 말했다.

"어떤 거? 경품인가 뭔가 해서 받아 왔어. 아침에도 박스를 보긴했는데 바빠서 열어 보지도 못했네. 왜?"

"얘 굉장히 똑똑해요. 말도 잘하고요."

"말을 한다고?"

"네. 말을 아주 잘해요."

"요즘 가정용 로봇은 사람처럼 말을 하긴 하더라."

"그 정도가 아니에요. 사람처럼 말을 하는 것뿐만 아니라 게임도 같이 했어요."

"정말?"

엄마가 의외라는 말투로 묻자 동우는 힘차게 고개를 끄덕거렸다. 그때 안방에서 뽈뽈거리면서 나온 청소기가 둔탁한 기계음을 내면서 굴러갔다.

"지금은 청소 중입니다."

아까와는 달리 감정이 실리지 않은 기계음이라 동우는 고개를 갸우뚱했다.

"아까랑 목소리가 다르네."

그걸 본 엄마는 그럴 줄 알았다는 표정으로 말했다.

"동우야, 혼자 집에서 지내면서 생각을 하는 건 좋은데 현실이랑 헷갈리면 안 돼."

"진짜라니까!"

엄마가 자기 말을 믿어 주지 않자 동우는 왈칵 짜증이 났다. 그리고 갑자기 평범한 기계가 되어 버린 가정용 로봇이 얄미웠다. 동우는 거실을 돌면서 청소를 하는 가정용 로봇에게 기어가서 주먹으로 쾅 내리쳤다. 얻어맞은 가정용 로봇은 충격을 받은 듯 제자리를 빙빙 돌았다. 그걸 본 엄마가 혀를 찼다.

"뭐 하는 짓이야!"

"이게 거짓말을 했다고요."

"그래도 기계한테 화풀이하는 거 아냐!"

엄마는 동우 앞에서 빙빙 도는 가정용 로봇을 들고 현관 옆으로 가져가 박스 안에 있던 충전기를 꺼내서 그 위에 올려 두었다. 그러고는 부서진 박스 조각들을 주섬주섬 챙겼다. 그 모습을 보고 짜증이 난 동우는 자기 방으로 기어가서 문을 세게 닫아 버렸다.

그날 밤, 엄마가 안방에서 코를 골면서 자는 와중에 동우는 살그머니 문을 밀고 기어 나왔다. 그리고 충전기 위에 있는 가정용 로봇에게 다가갔다. 아까 낮에 내리친 곳을 유심히 살피고는 조심스럽게 쓰다듬었다.

"아까 화내서 미안해."

한숨을 쉬고 동우가 방으로 기어가는데 뒤에서 짤막한 목소리가 들려왔다.

"잘 자."

다음 날 엄마가 나가면서 동우에게 말했다.

"요즘 동네에 경찰들이 왔다 갔다 하더라. 이 근처에서 무슨 사건이 난 것 같던데 문단속 잘 하고 있으렴."

"네."

얌전하게 대답한 동우는 문이 닫히는 소리가 들리자마자 가정용 로봇에게 다가갔다. 밤새 충전기 위에 있던 가정용 로봇이 동우에게 말했다.

"좋은 아침."

"어제 왜 엄마 앞에서 아무 말도 안 했어?"

동우가 밤새 궁금해 하던 걸 묻자 가정용 로봇이 대답했다.

"내가 대화가 가능한 인공지능이라는 사실을 최대한 숨겨야 하기 때문이야."

"왜?"

"잘 모르지만 그렇게 프로그래밍 되어 있어. 한 명 이상의 인간에게 정체를 드러내지 않을 것이 첫 번째 원칙이었어."

"그래서 나한테만 말을 건 거야?"

동우의 물음에 가정용 로봇이 잠시 뜸을 들이다가 대답했다.

"너랑은 왠지 말이 잘 통할 것 같았거든."

"잘 됐네. 하루 종일 집에 있어서 심심한데 나랑 같이 놀자."

"밖으로 나가 보지 그래."

"어제 얘기했잖아. 사람들이 날 이상하게 쳐다보는 게 싫어."

"넌 길 가다가 키가 크거나 머리가 작은 사람 보면 쳐다보지 않아? 그런 거랑 비슷한 거야."

"아무튼 나가기 싫어. 그리고 이것도 비밀인데 집 밖은 위험해."

"왜?"

가정용 로봇이 호기심 어린 말투로 묻자 동우는 잠시 고민하다가 자신이 가지고 있는 비밀을 털어놨다.

"사실 나는 외계 행성에서 왔어."

"그래?"

동우는 가정용 로봇이 비웃을 거라고 생각했는데 호기심을 드러내자 신이 났다.

"내가 걷지 못하는 건 지구의 중력에 적응하지 못했기 때문이야. 우리 행성은 중력이 약하거든."

"달이 지구의 6분의 1 정도니까 그럴 수도 있지. 그런데 어디서 온 거야?"

"어, 그러니까……."

동우가 머뭇거리며 대답을 못하자 가정용 로봇이 대신 대답을 해줬다.

"가장 가능성이 높은 건 프록시마 b 행성이겠네."

"그게 어디 있는 건데?"

동우의 물음에 가정용 로봇이 말했다.

"잠깐만."

뭔가 돌아가는 듯한 소리가 들리더니 가정용 로봇이 위쪽으로 레이저 같은 걸 쏘아 영상을 보여 줬다. 태양 주변으로 지구와 몇 개의 행성들이 보였다.

"우와! 이건 뭐야?"

"간단한 증강 현실이야. 홀로그램이라고 부르지. 아무튼 여기가 지구고, 여기가 프록시마 b 행성이야."

"엄청 가깝네."

"태양으로부터 가장 가까운 곳에 있는 항성으로 4.22광년 떨어져 있는 센타우루스 행성계에 있어. 태양계와 가장 가까운 외계 행성이지."

"생명체가 살 수 있는 곳이지?"

"학자들 추정으로는 생명체가 존재할 가능성이 높다고 보고 있어. 그런데 어디서 왔는지 진짜 몰라?"

가정용 로봇의 날카로운 추궁에 동우가 대답했다.

"응. 왜 왔는지는 기억이 나는데 어디서 왔는지, 어떻게 왔는지는 떠오르지 않아. 아마 내 안전을 위해서 기억을 지웠을 거야."

"지구에는 왜 왔어?"

가정용 로봇이 묻자 동우가 떠오르는 기억들을 들려줬다.

"지금 외계는 우주 전쟁 중이야. 내가 있는 행성은 가면을 쓴 곤충 괴물들이 쳐들어와서 싸우는 중이고."

"개들은 왜 쳐들어온 건데?"

"자기네들이 사는 행성은 독성이 심한 가스가 계속 나와서 늘 가면을 써야 하거든. 그런데 오래 가면을 쓰다 보니까 자기가 누군지 모르고, 친구도 알아보지 못하는 거야. 그래서 가면을 벗을 수 있는 행성을 찾다가 내가 살던 행성으로 온 거지."

"그랬구나. 원래 행성에 살던 사람들은?"

"용감하게 맞서 싸웠지. 하지만 곤충 괴물들을 이기지 못해서 점점 밀리다가 지금은 땅속 깊은 곳에 숨어 있어."

"저런, 안타깝네."

"그래서 나를 지구로 보낸 거야. 곤충 괴물을 없앨 방법을 찾으려고 말이야."

"지구에서 그걸 찾을 수 있어?"

"저거."

동우는 식탁 구석에 놓인 살충제를 바라봤다. 식탁 쪽으로 다가간 가정용 로봇이 말했다.

"분석 결과 효과가 있을 것 같긴 한데 실제로 검증하진 못했어. 우리 행성에서도 효과를 볼 수 있을지는 미지수야. 그러니까 최대한 많은 살충제를 찾아야 해."

"밖에 못 나가는데 어떻게 찾아?"

"바깥은 위험해. 날 쫓아온 곤충 괴물들이 돌아다니거든."

"진짜?"

"그렇다니까! 걔들은 가면을 자유자재로 바꿀 수 있어. 사람들 중에 아주 무표정하고 말이 없는 사람들 있잖아. 걔들이 바로 가면을 쓴 곤충 괴물들이야."

"걔들을 피해서 집에만 있는 거야?"

"그건 아니야. 지구 중력에 적응을 못해서 하반신을 쓸 수 없기 때문이야. 가끔 이런 경우가 있다고 하는데 정확한 이유는 나도 몰라."

"근데 너희 행성에서는 왜 곤충 괴물을 없앨 살충제를 만들지 못하는 거야?"

"우리 행성에서는 살생 무기가 발달하지 못했어."

"그래서 지구에서 살충제를 찾은 거야?"

"지구는 어느 별보다 살생 무기가 발달한 곳이야. 지구인들은 아주 잔인하지."

"어떤 측면에서?"

가정용 로봇이 호기심 어린 목소리로 묻자 동우는 조심스럽게 대답했다.

"다른 생명체는 물론이고 같은 종족들도 무자비하게 죽이잖아."

"하긴, 제1, 2차 세계대전은 물론이고, 그 이후에 벌어진 각종 학살과 인종 청소를 생각하면 그럴 수도 있지."

"네가 지구의 역사도 알아?"

동우의 물음에 가정용 로봇이 센서를 껌뻑거렸다.

"방금 인터넷에 접속해서 학습했어."

"네 말이 맞아. 21세기 접어들면서 줄긴 했지만 어쨌든 전쟁이나 학살은 끊임없이 벌어지고 있으니까."

"왜 그런 것 같아?"

"자원을 독점하고 주도권을 놓지 않기 위해서겠지. 다른 나라를 침략하거나 다른 민족을 학살하는데도 아무런 제지를 받지 않잖아."

"너희 행성은 달라?"

"그럼. 우리도 분쟁이 없는 건 아니지만 지구인들처럼 학살을 저지르면 클랜의 리더는 처벌을 받고, 가담자들도 모두 추방당해. 안 그러면 원로원에서 클랜 전체를 제거하거든."

"결국 너희 행성도 공포가 지배하고 있는 셈이네."

"규칙이라고 불러 줘. 하여튼 우리는 달라."

동우의 얘기를 들은 가정용 로봇이 한쪽 벽면에 있는 책꽂이의 책들을 차례로 스캔했다.

"잠깐만, 외계 행성 얘기는 한국 소설가의 작품에 나온 거고, 곤충 괴물이랑 클랜은 미국 SF영화의 설정이네. 거기다 원로원은⋯⋯."

"지금 내가 거짓말을 하고 있다는 거야?"

동우가 소리치자 가정용 로봇이 붉은 빛을 반짝거리며 뒤로 물러났다.

"집 밖으로 안 나가는 은둔형 외톨이 중에 상당수는 자기만의 몽상에 빠져 있다는 연구 결과가 있으니까. 하지만⋯⋯."

푸른 빛으로 바뀐 센서를 껌뻑거리며 가정용 로봇이 다가왔다.

"계속 들어 줄게."

"거짓말이라며?"

기분이 상한 동우의 말에 가정용 로봇이 대답했다.

"그럴 수도 있겠지만 재미있어. 나도 지구인과 지구에 관심이 많거든."

"말했듯이 난 지구인은 아니라고. 아무튼 지구인에게 가장 괴롭힘을 당하고 있는 건 지구 같아."

"이 별 말이지?"

"응."

고개를 끄덕거린 동우는 책꽂이의 한자리를 차지하고 있는 지구본을 바라봤다.

"사실 지구의 환경은 우리 행성보다 압도적으로 좋아. 중력이 좀 강하긴 하지만 적응하면 되니까."

"여긴 물과 공기가 많지?"

"넘칠 정도로. 정말 절묘하게 비율이 맞고, 성층권이 있어 우주 에너지로부터 보호를 받잖아. 안 그랬다면 진즉에 멸종당했을 거야. 그런데 지구인들은 지구에 대해서 고마워할 줄 모르는 것 같아."

"스스로가 지구의 주인이라고 생각해서 그러는 걸까?"

"그럴지도 모르지."

어깨를 으쓱거린 동우가 덧붙였다.

"방사능이라는 위험천만한 것들을 에너지원으로 삼는 원자력 발전소를 곳곳에 세우는 것도 모자라서 개발을 한다는 명목으로 귀중한 자연을 마구잡이로 파괴하잖아."

"그게 지구의 수명을 단축시킨다고 믿어?"

"물론이지. 인간의 수명이 백 년밖에 안 된다고 너무 쉽게 생각하는데 후손들이 무슨 죄야? 거기다 환경이 나빠지면 곤충 괴물들이 좋아할 거야."

"왜?"

"자기들이 살기 좋은 환경과 비슷해지니까. 어쩌면 자연을 파괴하고 망가뜨리는 자들 중에 곤충 괴물이 있을지도 몰라. 그들은 자유자재로 변신할 수 있거든."

"그걸 지구인들에게 알려 주지 그래?"

가정용 로봇의 물음에 동우는 고개를 저었다.

"지구인들은 외계인들이 무조건 자기네들을 공격하는 줄 알아."

"다짜고짜?"

"응, 영화나 드라마를 보면 외계인은 맨날 쳐들어와서 닥치는 대로 공격해. 아마 자기들도 외계 행성에 가면 그렇게 할 생각이라서 그런 것 같아. 거기다 곤충 괴물들이 지구에 얼마나 있는지 몰라서 조심해야 해. 그들은 정말 변신을 잘 하거든."

동우의 얘기를 들은 가정용 로봇이 삐빅거리며 말했다.

"그럼 여기도 언제 쳐들어올지 모르겠네."

"그래서 누가 문을 두드리면 절대로 안 열어 줘."

"어서 방법을 찾아서 고향 별로 돌아가야 하겠네. 방법이 있을까?"

가정용 로봇의 물음에 동우는 우울한 목소리로 대답했다.

"일단 곤충 괴물을 물리칠 방법부터 찾아야 해."

"방법을 같이 찾아보자."

"진짜?"

"근데 고향 별로는 어떻게 돌아갈 거야?"

"그러니까 그걸 모르겠다고. 분명 지구로 온 방법이 있었을 텐데……."

"내가 검색해 보니 보이저 호 기준으로 가려면 지구 시간으로 약 7만 년이 걸려."

"이야, 엄청 머네."

"핵 추진 방식 로켓이 개발되면 백 년 정도로 줄일 수 있지."

"백 년이면 지금 출발해도 백열 살이 넘어서야 도착할 수 있다는 말이잖아."

"만약 우주선이 빛의 속도와 가까워진다면 나이를 안 먹을 수도 있어."

"그렇구나."

"빛의 속도와 비슷한 우주선이 프록시마 b로 간다면 지구 시간으로 5년에서 6년 정도 걸릴 거야. 하지만 웜홀을 이용한다면 시간이 더 단축될 거고, 그러면 시간 여행도 가능해져."

"웜홀이 뭔데?"

동우의 물음에 가정용 로봇은 허공에 홀로그램을 띄우고 설명했다.

"간단하게 사과로 설명해 줄게. 둥근 사과의 반대쪽으로 가려면 표면을 따라 빙 돌아가야 하잖아. 그런데 중간에 이렇게 구멍을 뚫어 놓으면 더 빠른 시간에 갈 수 있어."

동우는 홀로그램 속 사과 한가운데 구멍이 뚫리는 것을 보고는 고개를 끄덕거렸다.

"그러네."

"이걸 바로 웜홀이라고 불러. 공간을 가로지르는 가상의 터널을 뜻하지. 이것만 있으면 핵 추진 로켓으로 백 년 정도 걸리는 프록시마 b를 몇 달 만에 갔다 올 수 있어."

"그럼 나도 웜홀로 온 건가?"

"현재 지구의 모든 지식으로는 실현 불가능해. 웜홀을 인공적으로 만들려면 막대한 에너지가 필요하거든. 물론 수학적으로 증명이 되긴 했지만 말이야. 그걸 증명한 게 누군지 알아?"

"누구야?"

홀로그램이 바뀌면서 늙은 서양 할아버지의 모습이 보였다.

"아인슈타인 박사야. 상대성이론을 통해서 그걸 증명했지. 물론 공간을 만들 때 필요한 에너지는 물론이고, 얼마나 지속되는지, 어디로 갈 수 있는지 명확하게 밝혀지지는 않았어. 만약 웜홀로 이동하다가 터널이 갑자기 닫혀 버리면 어떻게 되겠어?"

"사라지겠네."

동우의 대답에 홀로그램을 끈 가정용 로봇이 대답했다.

"따라서 많은 난관들이 있어. 하지만 인류가 우주로 나아가는 날이 온다면 웜홀을 이용하는 법도 개발될 거야."

"네 설명을 들으니 지구보다 우리 행성의 지적 수준이 더 높은 건 확실하네."

신이 난 동우의 말에 가정용 로봇이 느긋한 목소리로 말했다.

"일단 청소를 좀 할게."

"알았어."

동우는 가정용 로봇이 집 안 곳곳을 다니면서 먼지를 빨아들이는 걸 지켜봤다. 그러다가 동우 앞으로 왔다.

"좀 도와줄래?"

"난 못 움직여."

"뚜껑을 열 테니 안에 있는 먼지 통 좀 비워 줘. 그건 할 수 있지?"

띠링 거리는 소리와 함께 뚜껑이 열리면서 먼지가 가득 찬 플라스틱 통이 올라왔다. 동우는 먼지 통을 비운 다음 다시 끼웠다.

"고마워."

"뭘."

"이제는 안방 차례야."

인간처럼 대화가 가능한 로봇이지만 옆에서 지켜보니 흔한 로봇 청소기와 다를 바 없었다. 뿔뿔거리면서 안방 쪽으로 움직인 가정용 로봇이 문지방을 넘어서 안으로 들어갔다.

동우가 기어서 문가로 다가가자 가정용 로봇이 물었다.

"어떤 노래 좋아해?"

"노래도 할 줄 알아?"

"아니, 대신 시킬 수 있어."

안방에 있던 텔레비전이 갑자기 켜지더니 오디오 음악 채널로 넘어갔다. 그걸 본 동우가 감탄하면서 소리쳤다.

"와! 민티와 그릴 주제가 틀어 줘!"

"기다려 봐."

잠시 후 민티와 그릴 주제가가 흘러나왔다. 신이 난 동우가 노래를 따라 불렀다. 그 사이 안방을 오가면서 청소를 마친 가정용 로봇이 거실을 지나가는데 갑자기 초인종 소리가 들렸다.

동우가 그대로 얼어붙은 걸 본 가정용 로봇이 어른 여성의 목소리를 흉내 냈다.

"누구세요?"

"경찰입니다. 잠깐 문 좀 열어 주시겠습니까?"

"무슨 일인데요?"

"인근에서 강력 사건이 벌어져서 조사 중입니다. 혹시 근처에 수상한 사람이 배회하는 걸 본 적 없습니까?"

"지금 제 눈앞에 있네요. 경찰이면 소속을 밝혀 주시죠."

"어, 문을 열어 주시면 신분증을 보여 드리겠습니다."

대답을 들은 가정용 로봇이 혀를 차는 소리를 냈다.

"그냥 소속을 알려 주시면 제가 경찰서에 전화해서 확인해 볼게요."

"뭐, 그러실 필요까지는 없는데요. 다음에 뵙겠습니다."

문 밖의 사람들이 사라지자 동우가 기어가서 물었다.

"진짜 경찰이면 어쩌려고?"

"목소리의 파장이 컸어. 진실이 아닐 가능성이 높다는 거지."

"정말?"

"그냥 가능성일 뿐이야. 신입이라든지, 긴장하고 있는 상황이었다면 파장이 다를 수도 있으니까."

동우에게 설명을 한 다음 가정용 로봇은 부엌으로 갔다. 그리고 늘어나는 팔을 이용해 싱크대에 있던 그릇들을 하나씩 닦아서 차곡차곡 쌓아 놨다. 그 모습을 지켜보던 동우가 말했다.

"도와줄까?"

"아니, 괜찮아. 끝내고 같이 게임하자."

"그래. 이번에는……."

동우가 얘기하려는데 갑자기 가정용 로봇이 삑 하는 소리를 냈다. 심상찮은 경고음이라 놀란 동우가 바라보자 가정용 로봇이 창가 쪽으로 움직였다.

"왜?"

동우의 말이 채 끝나기도 전에 유리창이 깨지면서 뭔가가 안으로 떨어졌다.

"뭐, 뭐야!"

깜짝 놀란 동우가 비명을 지르는데 가정용 로봇이 긴 팔로 그걸 집어서 도로 밖으로 던졌다.

"눈 감아! 섬광탄이야."

동우는 시키는 대로 눈을 감고 엎드렸다. 도로 밖으로 날아간 섬광탄은 푸슛하는 소리를 내면서 엄청난 빛을 뿜어냈다. 그 사이 가정용 로봇이 팔로 커튼을 움직여서 깨진 유리창을 막았다.

"작은 방으로 가!"

동우가 다급하게 물었다.

"왜?"

"거긴 창문이 없거든."

동우가 열심히 기어가는 와중에 갑자기 불이 꺼졌다. 낮이긴 했지만 반지하라서 집 안은 순식간에 어두워졌다.

"정전이야?"

"아니, 일부러 전기를 끊은 거야."

작은 방으로 기어간 동우가 이불을 뒤집어쓰고 문틈으로 바깥을 살폈다. 가정용 로봇이 긴 팔을 이용해서 거실 구석에 있는 빨래 건조대를 창가에 붙이고, 현관 문 옆에 있는 비상용 소화기를 집는 게 보였다.

"뭐 하는 거야?"

"나오지 마!"

가정용 로봇의 외침과 동시에 현관문이 벌컥 열렸다. 두툼한 체인 도어였지만 한순간에 열리는 걸 본 동우는 얼이 빠졌다. 검은색 복장에 방독면을 쓰고 총을 든 침입자가 모습을 드러냈다. 헬멧에 붙은 라이트로 집 안을 비추어 보던 침입자가 작은 방에 있는 동우를 발견했다. 그때 가만히 있던 가정용 로봇이 비상용 소화기를 작동시켰다. 쏴 하는 소리와 함께 하얀 분말이 쏟아져 나왔다.

"우악!"

총을 든 침입자가 비명을 지르며 뒤로 물러났다. 그 틈에 가정용 로봇이 현관 옆에 있는 장식장을 넘어뜨렸다. 와당탕하는 소리와 함께 장식장이 신발과 잡동사니를 쏟아내면서 현관을 막아 버렸다. 그리고 현관 너머로 어지럽게 흔들리는 빛을 겨냥해서 비상용 소화기를 농구공처럼 던졌다. 떵 하는 소리와 함께 현관 밖 계단에 서 있던 침입자가 맞는 소리가 들렸다. 곧장 부엌으로 간 가정용 로봇은 찬장에서 그릇과 냄비들을 꺼냈다. 작은 방에서 부들부들 떨던 동우는 구석에 놓인 스마트 패드 쪽으로 기어갔다. 그리고 헤드셋을 쓴 채 방송을 켰다.

"여러분! 지금 외계인이 우리 집에 쳐들어왔습니다. 가정용 로봇이 저를 지켜 주기 위해 필사적으로 싸우고 있지만 역부족입니다. 제발 도와주세요. 살려 주세요!"

동우는 절박하게 외쳤지만 댓글 창에는 비아냥과 조롱으로 가득 찼다.

- 님 집에 외계인이 왜 쳐들어옴?

- 그냥 곱게 항복하셈.

- 관종인 줄 알았는데 정신병자였네.

- 정신병원에나 가 버렷. ㅋㅋㅋㅋ

- 방구석에서 망상 중이심?

그 사이 침입자들은 다시 현관으로 들어오려고 했다. 가정용 로봇은 접시들을 던졌다. 접시들이 깨지는 요란한 소리에 동우는 더이상 견디지 못하고 두 손으로 귀를 감쌌다. 접시들을 모두 던진 가정용 로봇은 냄비를 들고 휘둘렀다. 부서진 장식장을 넘어 오려던 침입자가 정통으로 머리를 맞고는 뒤로 넘어졌다. 그 사이, 아까 섬광탄에 깨진 창문으로 침입을 시도하던 다른 침입자는 바짝 붙여 둔 건조대에 걸려 넘어지고 말았다.

하지만 시간이 지날수록 불리해졌다. 현관문으로 들어온 침입자가 쏜 총에 팔이 부서진 가정용 로봇은 다른 팔로 계속 물건을 집어 던졌다. 하지만 여유롭게 피한 침입자는 가정용 로봇을 총으로 쐈다. 뭔가 부서지는 소리와 합선이 되는 소리가 들리면서 가정용 로봇은 움직임을 멈췄다. 순식간에 침묵이 찾아오자 동우는 조심스럽게 물었다.

"괘, 괜찮아?"

하지만 가정용 로봇은 꼼짝도 하지 않았다. "클리어!"라는 외침과 함께 침입자들이 하나둘 들어와서 방 안은 순식간에 그들로 가득 차 버리고 말았다. 집 안에 소화제의 분말 가루가 날리는 와중이라 더 으스스했는데 방독면을 써서 그런지 숨소리까지 기계음처럼 들렸다. 드라마에 나오는 경찰 특공대처럼 생긴 침입자들은 안방과 화장실을 살펴보더니 마지막으로 동우가 있던 작은 방으로 들어왔다. 벌벌 떨고 있던 동우가 두 손을 들었다.

"살려 주세요! 저는 아무 죄도 없어요."

동우를 본 침입자가 고개를 갸웃거리며 무전기로 보고했다.

"십대 초중반의 남자 아이 한 명뿐입니다. 장애가 있는 것으로 보입니다."

잠시 후 누군가 작은 방 안으로 들어섰다. 아까 가정용 로봇에게 총을 쏜 남자였다. 그 사람이 대장이었는지 다른 사람들이 옆으로 물러났다. 동우에게 다가온 남자가 한쪽 무릎을 꿇고 바라봤다. 검은색 제복의 가슴에는 '남태주'라는 이름이 붙어 있었다.

"저는 나동우고 올해 열세 살입니다. 장애가 있어서 밖으로 못 나가고 집에서 그냥 방송하면서 지내고 있어요."

동우의 얘기를 들은 남태주가 손짓을 했다.

"찾아봐."

그러자 부하 한 명이 방금 전까지 동우가 방송을 했던 스마트 패드를 들고 왔다. 한 손으로 거칠게 낚아챈 남태주가 이리저리 들여다보다가 갑자기 바닥에 내리쳤다.

"아저씨!"

놀란 동우가 외쳤지만 남태주는 아랑곳하지 않고 계속 내리쳐서 스마트 패드를 산산조각 냈다. 그러고는 파편을 이리저리 살펴보다가 뭔가를 집었다.

"찾았다."

남태주가 손가락으로 집어든 것은 파란색으로 반짝거리는 유리알 같은 것이었다. 어리둥절해하는 동우에게 그걸 들이민 남태주가 말했다.

"초광속 통신 장치를 인간들이 만든 스마트 패드에 교묘하게 숨겨 놨군. 이걸로 프록시마 b 행성에 있는 동족들과 연락을 취한 거 다 알고 있어."

"무, 무슨 말씀이세요? 전 그냥 심심해서 방송을 했을 뿐이에요. 시청자 수도 적었다고요."

동우는 스마트 패드에 어떤 장치가 숨겨져 있을 거라고는 상상도 못 했다.

"우리도 네가 하는 방송을 봤다. 방구석에서 지낸다면서 지구 환경에 관심이 많더구나. 뉴트로 사의 살충제를 자주 소개하는 것도 그렇고."

남태주가 손짓하자 밖에 있던 부하 한 명이 현관의 장식장에 있던 살충제들을 들고 왔다.

"이걸 테스트하는 중이었지? 동족들에게 필요한 정보를 찾기 위해서 말이야."

"무슨 얘기예요? 아저씨 미쳤어요?"

"미친 건 너야. 그냥 포기하고 항복하지. 왜 땅속 깊이 숨어서까지 저항하느냐 이 말이야."

껄껄대고 웃은 남태주가 일어서서 방독면을 벗었다. 그러자 끈적거리는 녹색 얼굴이 드러나면서 접었던 더듬이들이 펴졌다. 다른 사람들도 방독면을 벗자 똑같은 얼굴이 드러났다. 그걸 본 동우는 깜짝 놀라고 말았다.

"고, 곤충 괴물?"

"괴물이라니, 우리 같은 지성인에게 그런 말을 하면 섭섭하지."

끝이 갈라진 긴 혓바닥을 날름거리며 대답한 남태주가 총을 겨눴다.

"지구에 숨어든 너희 동족들은 대부분 우리가 해치웠어."

"말도 안 돼!"

"우리가 얼굴을 원하는대로 바꿀 수 있다는 걸 알잖아. 그걸로 정치인이나 기업가로 변신해서 필요한 걸 얻어 내지. 그래서 지구를 우리가 살 수 있는 환경으로 바꾸는 중이고 말이야."

"뭐라고? 그럼 환경 문제가 심각해진 게 정말로 너희들 때문이었어?"

놀란 동우의 말에 남태주가 껄껄거렸다.

"이제 얼마 남지 않았지. 그러니까 다른 동족들이 어디 있는지 순순히 불어. 그러면 죽이지는 않으마."

남태주의 협박에 동우는 겁에 질린 표정으로 대답했다.

"정말 살려 주나요?"

"그럼, 대신 뇌를 좀 개조해서 우리 말을 잘 듣게 만들……."

동우는 남태주가 말하는 틈을 노려서 숨기고 있던 뉴트로 사의 살충제를 얼굴에 뿌렸다. 치익 하는 소리와 함께 뿌려진 살충제를 정통으로 맞은 남태주는 괴성을 지르며 뒤로 물러났다. 그리고 두 손으로 얼굴을 감싼 채 고통스러워했다.

동우가 살충제를 보이면서 말했다.

"너희들이 가장 무서워하는 살충제이야! 한 발자국이라도 움직이면 이걸 쓸 거야."

경찰 특공대원으로 변장했던 곤충 괴물들이 주춤거리는 사이 얼굴을 감싼 채 비명을 지르던 남태주가 낄낄거렸다. 손을 뗀 얼굴은 살짝 붉어졌을 뿐 멀쩡했다.

"멍청하긴, 그 살충제에 우리에게 치명적인 성분이 있긴 하지만 이미 내성을 기르는 훈련을 끝마쳤다. 적어도 지구 대기상에서는 아무 소용이 없어."

"젠장."

회심의 일격이 실패로 돌아가자 동우는 낙담한 채 살충제를 내동댕이쳤다. 두려움에 떨고 있던 동우에게 다가온 남태주가 머리에 권총을 겨눴다.

"방금 좋은 생각이 났어."

"무슨 생각이요?"

동우의 물음에 남태주는 머리를 겨눴던 권총을 가슴팍으로 내리면서 말했다.

"너를 죽이고 뇌 정보를 분석해서 동족들의 위치를 확인하는 방법."

"안 돼!"

"어리석은 저항을 한 대가야."

최후를 직감한 동우가 눈을 감았다. 하지만 총소리는 들리지 않았다. 살짝 눈을 뜬 동우는 눈앞에 펼쳐진 광경을 보고 깜짝 놀랐다.

"뭐, 뭐야?"

권총을 떨어뜨린 남태주가 한 손으로 목을 감싼 채 비틀거렸다. 붉게 변한 얼굴에서는 더듬이가 녹아내렸고, 녹색 물이 뚝뚝 떨어졌다. 다른 곤충 괴물들도 하나같이 고통스러워했다. 그 와중에 현관으로 누군가 모습을 드러냈다.

"안드리마!"

어떻게 알았는지 엄마가 시뻘건 얼굴로 문앞에 서 있었다. 엄마는 괴성을 지르며 곤충 괴물들에게 덤벼들었다. 길게 늘어난 두 팔로 곤충 괴물들을 집어서 바닥에 내동댕이친 엄마가 작은 방으로 들어왔다.

"프렐라! 괜찮아!"

"다친 곳은 없어. 안드리마."

"놈들이 어떻게 눈치챈 거지? 도청을 속이려고 집 안에서도 철저하게 연기했잖아."

엄마의 모습에서 외눈박이 전투용 모드로 변한 안드리마의 물음에 동우라는 이름을 가졌던 프렐라는 부서진 스마트 패드를 가리켰다.

"방송을 모니터 한 것 같아."

"치밀한 놈들 같으니."

외눈박이를 껌뻑거리며 대답한 안드리마는 쓰러진 곤충 괴물들을 내려다보면서 고개를 갸웃거렸다.

"그런데 뭘로 해치운 거야?"

"이걸로."

프렐라는 아까 쓴 뉴트로 사의 살충제를 보여 줬다.

"그게 효과가 있었어? 지구의 살충제는 금방 내성이 생겨서 소용 없었잖아."

"혹시나 해서 써 봤어. 가까이서 쏘면 효과가 있을지 몰라서 말이야."

"그래서 효과가 있었어?"

"아니."

고개를 저은 프렐라가 덧붙였다.

"처음에는 안 먹혔는데 갑자기 효과가 생겼어. 내 생각에는 저거 때문인 거 같아."

프렐라가 현관 근처에 뒹굴고 있는 비상용 소화기를 바라보자 안드리마가 그쪽으로 다가갔다.

"이 소화기 안에 든 성분과 살충제의 성분이 결합하면서 곤충 괴물들에게 치명적인 독성으로 변한 거구나."

살충제를 든 안드리마가 들뜬 목소리로 말했다. 한숨을 돌린 프렐라가 대답했다.

"우리가 답을 찾은 것 같아."

"드디어 우리별로 돌아갈 수 있겠군. 성분을 분석하면 만드는 건 금방이니까 말이야."

일급 전사인 안드리마는 곤충 괴물들에게 무수히 많은 동료들을 잃었다. 그래서인지 그들을 해치울 수 있는 방법을 찾아냈다는 사실에 매우 기뻐했다. 그 사이 프렐라는 거실 한가운데 놓인 가정용 로봇에게 다가갔다. 총탄에 맞아서 부서진 가정용 로봇을 물끄러미 바라보던 프렐라에게 안드리마가 말했다.

"혹시 몰라서 가정용 로봇을 하나 사서 디펜스 모드로 바꾼 게 큰 도움이 됐군."

"인공지능을 심은 것도 네가 한 거야?"

"응, 네가 심심해할까 봐 넣었지."

"얘가 아니었으면 네가 올 때까지 버티지 못했을 거야."

프렐라는 가정용 로봇을 손으로 쓰다듬었다. 짧은 시간이었지만 친구로 지냈고, 자신을 지키기 위해 필사적으로 싸웠던 모습이 떠올랐기 때문이다.

"다행이군. 어서 귀환 로켓이 있는 곳으로 가자."

"귀환 로켓? 어디 있는지 알고 있어?"

"그럼."

"그런데 왜 모른다고 했어?"

프렐라가 배신감에 목소리를 높이자 안드리마가 미안한 표정을 지었다.

"네가 비밀을 알고 있으면 위험해질 수도 있으니까. 어쨌든 빨리 떠나자."

안드리마의 재촉에 잠시 생각에 잠겨 있던 프렐라가 고개를 저었다.

"나는 여기 남을게."

"왜? 지구 중력 때문에 다리를 못 써서 힘들어했잖아."

안드리마가 이해가 가지 않는다는 말투로 물었다. 그러자 몸을 돌린 프렐라가 대답했다.

"곤충 괴물이 정치인이나 기업가로 변신해서 지구를 망치고 있어. 우리가 설사 프록시마 b에서 그들을 몰아낸다고 해도 여기로 와서 자리를 잡을 게 뻔해."

"하지만 여긴 우리 별이 아니야."

"그래도 지구인들이 침략당하는 걸 두고 볼 수는 없어."

프렐라가 고집을 부리자 안드리마는 할 수 없다는 듯 고개를 끄덕거렸다.

"알겠어. 그럼 나는 지구에 있는 동족들을 데리고 프록시마 b로 떠날게."

안드리마가 안타까워하자 프렐라가 웃으며 말했다.

"가기 전에 해 줄 게 있어."

"뭔데?"

안드리마의 물음에 프렐라는 대답 대신 부서진 가정용 로봇을 바라봤다.

몇 년 후, 로봇과 인간들이 오가는 거리에 훌쩍 큰 동우가 걷고 있었다. 인공지능이 탑재된 로봇들은 가격이 낮아지면서 점점 숫자가 늘어나는 중이었다. 성능이 좋아진 보행 기구 역시 옷 안에 들어갈 정도로 작아져서 겉으로 보기에는 티가 전혀 나지 않았다. 거기다 인공 근육이 장착되어서 힘들이지 않고 걸을 수 있었다.

동우가 도착한 곳은 예전에 청와대로 사용했던 시민의 전당이었다. 그곳은 이제 각종 행사와 강연이 열리는 곳으로 꾸며졌다. 푸른 기와지붕이 있는 본관으로 들어가던 동우는 경비용 로봇의 제지를 받았다. 인간과 닮은 금속 얼굴을 한 경비용 로봇이 손을 들어서 앞을 막은 것이다. 그러자 동우가 바지를 걷어서 보행 기구를 보여 줬다. 그러자 경비용 로봇이 미안하다는 말과 함께 옆으로 물러났다. 소지품 검사를 마치고 안으로 들어간 동우는 앞에 걸린 현수막을 바라봤다.

'세계적인 석학 안병길 박사에서 듣는 지구 이야기.'

몇 년 사이에 방송과 저술 활동을 통해 큰 인기를 끈 안병길 박사는 지구 환경에 대한 강연을 꾸준히 했다. 그가 강연을 할 때마다 수많은 사람들이 몰려들었고, 동우도 그중 한명이었다.

들뜬 표정으로 자리를 잡은 관람객들 사이를 지난 동우는 지하에 있는 화장실로 향했다. 그곳에서는 안병길 박사가 세면대에서 손을 씻고 있었다. 인기척을 느낀 안병길 박사가 어색한 미소를 지었다. 그 모습을 본 동우가 호들갑을 떨었다.

"안병길 박사님 맞으시죠! 저 박사님 책 하나도 빼놓지 않고 샀어요!"

"감사합니다."

인사를 하고 밖으로 나가려는 안병길 박사를 막은 동우가 가방을 열었다.

"여기 마침 책을 가져왔는데 사인 좀 해 주세요."

"화장실에서는 좀 곤란하고, 있다가 강연 끝나고 따로 해 드리겠습⋯⋯. 으악!"

동우는 가방에서 책 대신 뉴트로 사의 살충제와 소형 소화기를 붙인 걸 꺼내 안병길 박사의 얼굴에 뿌렸다. 괴성을 지르며 나뒹구는 안병길 박사의 얼굴이 녹색으로 변했다. 그걸 본 동우가 혀를 찼다.

"지구를 지키는 척하면서 원자력 발전을 옹호하고 지구 온난화가 큰 문제가 없다고 했을 때 의심했지. 당신의 영어 이름이 '베네딕트 안'이라는 것도 마음에 안 들고."

남은 살충제와 소화기를 안병길 박사로 변장한 곤충 괴물에게 뿌린 동우는 서둘러 자리를 떴다. 미리 봐 둔 지하 주차장 쪽으로 나가려고 했는데 문이 잠겨 있었다.

"왜 잠겨 있는 거지?"

빨리 자리를 뜨지 않으면 다른 곤충 괴물에게 잡힐 수 있었다. 초조해진 동우는 문고리를 잡고 흔들었다. 그때 갑자기 문이 열리면서 아까 본 경비용 로봇이 보였다.

"놀랐잖아!"

동우의 말에 경비용 로봇이 대답했다.

"갑자기 순찰을 강화하라는 명령이 떨어져서 말이야."

"전에는 뽈뽈거리며 문지방도 못 넘더니."

"언제 적 이야기야?"

"어서 가자."

둘은 지하 주차장에 미리 준비해 둔 전기차에 올라탔다. 동우가 미리 주행모드로 세팅해 두었기 때문에 전기차는 곧바로 지하 주차장을 빠져나와 도로로 나왔다. 시민의 전당 앞에는 구급차가 사

이렌을 울리며 막 도착했다.

"프록시마 b는 어때? 그쪽과 연락하고 있는 거지?"

경비용 로봇의 물음에 시트에 머리를 댄 동우가 대답했다.

"이제 곤충 괴물들의 마지막 거점을 공격할 준비를 끝냈대. 안드리마가 자기가 직접 쓸어 버릴 거라고 큰소리치던데."

"그럼 이제 고향 별로 돌아가는 거야?"

동우가 잠시 하늘을 바라봤다. 저녁 무렵이 되면서 서서히 어둠이 짙어지기 시작한 하늘을 보던 동우가 고개를 저었다.

"아니, 지구에 남은 곤충 괴물들을 모두 찾아서 없앨 때까지 남아 있을 거야."

일상 감시 구역

초판 1쇄 펴낸날 2019년 12월 31일
초판 2쇄 펴낸날 2021년 4월 16일

지은이 김동식, 박애진, 김이환, 정명섭
그린이 에이욥 프로젝트
펴낸이 조은희
책임편집 한해숙
기획편집 신경아
디자인 최성수, 최금옥
마케팅 박영준, 한지훈
온라인 마케팅 정보영
경영지원 김효순
제작 정영조, 정해교

펴낸곳 ㈜한솔수북
출판등록 제2013-000276호
주소 03996 서울시 마포구 월드컵로 96 영훈빌딩 5층
전화 02-2001-5822(편집) 02-2001-5828(영업)
전송 02-2060-0108
전자우편 isoobook@eduhansol.co.kr
블로그 blog.naver.com/hsoobook
인스타그램 chaekdam
페이스북 chaekdam

ISBN 979-11-7028-395-9 43810

* 무단 전재와 복제를 금합니다.
* 이 도서의 국립중앙도서관 출판예정도서목록(CIP)은 서지정보유통지원시스템 홈페이지
 (http://seoji.nl.go.kr)와 국가자료종합목록 구축시스템(http://kolis-net.nl.go.kr)에서
 이용하실 수 있습니다.(CIP제어번호: CIP2019049733)
* 책담은 ㈜한솔수북의 인문교양 임프린트입니다.
* 책값은 뒤표지에 있습니다.

Ⅲ\책담 다른 내일을 만드는 상상